즐거운 꿈을 꾸시고
아름다운 추억을 가져가시길

※일러두기

이 책은 저자가 온라인 카페에 공유한(2000~2011년) 조각 글들을 허락을 받아 편집한 것입니다. 본문에서 인물 생애 연도와 편집 주석은 무지개다리너머에서 달았습니다.

인생이 꿈인 줄 알면

정창영 산문

무지개다리너머

차 례

책머리에 10

1장
이미 넉넉하지 않은가: 지금 가벼워지기

어차피 꿈이라면 때가 되면 깰 거고 14
우리가 깨어 있다고 생각하는 상태 역시 잠이다? 16
삶의 강은 바다로 18
내가 누구인지 어떻게 알 수 있을까? 20
예스? 예스! 노? 노! 23
지킬 박사와 하이드 씨 25
동시성 27
인간은 존재가 아니다 28
인간은 제3의 '현상'입니다 30
있는 그대로를 봄 31
목적이나 의도가 없는 말 34
신을 발견하는 방법 35
'지금-여기'에 존재한다는 것 37

다반향초 — 늘 처음으로 40
하사 – 중사 – 상사 42
영과 혼 — 해와 달 43
우리는 무엇이 '될' 수 있는가 45
반성문: 건드리지 마라 47
투사가 지각을 낳는다 50
네 눈이 밝으면 51
영지, 체험적인 앎 53
리액트가 아닌 액트 차원에 존재하기 55
채널링 58
너희가 둘을 하나로 만들 때 65
지나가는 나그네가 되라 67
너희는 어디에서 왔느냐 68
자신의 안식처를 찾도록 하라 69
모든 것을 알아도 자기를 모르는 사람은 70
누구든지 내 입에서 마시는 사람은 71

2 장

웃으며 퇴장할 수 있다면: 여기는 어디인가

셀프 이미지 벗기 74

꿈이 깸인가, 깸이 꿈인가? — 의식의 전복 77

왜 환생하는 것일까? — 자기 꼬리를 물고 빙빙 도는 뱀 84

매트릭스 VS 리얼 96

백 투 더 퓨처 — 우리 몸이 타임머신 102

우리가 처음이 아니다 104

절대 언어 — 수와 기하학과 음악 107

에니어그램과 수의 신비 109

20진법의 세계 115

마야 긴 달력 121

내일을 준비하며 오늘을 오늘로 살기 126

『바가바드 기타』 패러디 132

사람의 아들이라고 다 '사람의 아들'인가? 142

싱긋이 웃으며 퇴장할 수 있다면 145

개성을 구성하는 인간의 세 몸 149

구르지예프의 인간 이해와 '매트릭스' 신화 158

3장

위와 같이 아래도 그러하다: 천문 해석

영혼의 훈련 164

행성 에너지의 입력과 출력 171

옥타브 - 옥타브 - 옥타브, 모든 것이 옥타브? 173

하늘의 두 CEO 1 181

하늘의 두 CEO 2 185

비너스의 개별성, 문의 총체성 190

마스의 성 충동, 비너스의 방향 설정 193

비너스와 오각별 198

뇌파와 유레너스 - 넵튠 - 플루토 202

어스펙트에 관한 규칙 205

운명에 반응하는 방식 213

쏠라 리턴 차트 리딩 가이드라인 218

프로그레션 차트 리딩 가이드라인 226

프로그레스드 문 페이즈의 의미 236

사비안 심벌 — 조디액 1도부터 360도 248

2450년 — 어퀘리어스 0도 250

책머리에

어린왕자는 방문한 세 번째 소행성에서 술꾼을 만나지요. 그의 주변에는 빈 술병들이 널브러져 쌓여 있었고 그는 늘 술에 취해 있었습니다. 어린왕자를 만났을 때도 술을 마시고 있었습니다.

어린왕자가 물었습니다.

"아저씨는 왜 계속 술을 마시나요?"

술꾼이 대답합니다.

"잊으려고."

"뭘 잊고 싶으신데요?"

"창피한 것을."

"뭐가 창피한데요?"

"내가 술만 퍼마시고 있는 술꾼이라는 게."

우리는 술에 취해 있는 술꾼의 육체의 컨디션, 그리고 그런 컨디션에 대한 그의 느낌이 어떨지 짐작할 수 있습니다. 그리고 그런 느낌에 대한 감정 반응은 어떨지, 기분이 상쾌하고 좋을지 찝찝할지도 짐작할 수 있습니다. 늘 그런 상태에 있는 것이 창피하다는 그의 생각(판단)도 알 수 있습니다. '창피한 것을 잊고 싶다', 이것은 그의 마음입니다. '창피한 것을 잊고 싶어서 술을 마셔야겠다', 이건 그의 마음의 욕구를 충족시키기 위해서 그가 선택한 방편입니다. 다른 방법으로도 잊을 수 있을 것이고, 더 나아가 아예 창피함을 느낄 필요가 없는 방법을 찾을 수도 있을 겁니다. 우리의 삶은 이렇게 육체(의 느낌)-감정-마음-생각이 순서 없이 앞서거니 뒤서거니 하면서 전개됩니다. 얘들이 순서 없이 변하면서 흘러갑니다.

내가 무엇을 왜 이렇게 느끼는지, 거기에 대해서 감정은 순간순간 어떻게 변하는지, 또 생각과 마음은 어떻게 흐르며 변하는지를 '제3자의 눈으로 주시注視하는' 주시자의 눈이 늘 깨어 있는 상태로 '바라보며' 살아간다면 삶의 드라마가 훨씬 더 즐겁고 재미있어지지 않을까요?

이 책에 실려 있는 글들은 한 권의 책을 꾸며 보겠다는 목적을 갖고 쓴 것이 아닙니다. 이런저런 인연으로 만나서 오프라인에서 이런저런 공부를 함께하던 분들이 모이는 온라인 카페에 그때그때 흘러간 생각들을 적었던 것을 출판사에서 모아 편집한 것입니다. 내가 생산한 생각이 아니고, 나를 통해서 흘러간 생각들입니다. 그러니 애당초 내 생각도 아니고 저의 생각이 지금도 그러하다고 볼 수도 없습니다. 우리 의식의 주파수가 어디에 맞추어져 있는가에 따라서 그에 상응하는 생각이 흐릅니다. 우리가 채널을 맞춘 그 방송국 방송을 보고 들을 수 있는 것과 같은 이치입니다.

"깨어 있으라. 내가 너희에게 하는 이 말은 모든 사람에게 하는 말이니라."(『마가복음』 13장 37절)

1 장

이미 넉넉하지 않은가

: 지금 가벼워지기

어차피 꿈이라면 때가 되면 깰 거고

지혜로운 사람일지라도

자신의 본성에 따라 행동한다.

본성의 힘에서 벗어날 수 있는 사람은 아무도 없다.

그러니 어떤 행위를 하지 않으려고

스스로를 억압하는 것은 아무 소용이 없는 일이다.

감각기관은 어떤 대상을 좋아하기도 하고 싫어하기도 한다.

하지만 좋고 싫은 느낌의 지배를 받지 않도록 하라.

좋은 느낌에 종속되든지 싫은 느낌에 종속되든지

느낌에 종속되는 것은

그대의 영적인 여정을 방해하는 두 장애물이다.

—『바가바드 기타』(정창영 풀어 옮김/2019년) 제3장 33-34절

우주의 비밀을 많이, 더 깊숙이 안다고 해서 달라지는 것은 없습니다. 성장하고 진화하고 상승해야 한다는 콤플렉스에서 벗어나십

시오.

이 세상이 꿈이기 때문에 깨야겠다고 생각할 필요도 없습니다. 꿈이라면 때가 되면 어련히 저절로 깨어나지 않겠습니까?

왜 굳이 꿈을 깨려고 하십니까? 힘들고 괴롭다고요? 그럼 즐거운 꿈을 꾸면 되지 꼭 깰 필요가 있을까요? 물론 즐거운 꿈을 꾸려면 약간의 공부와 테크닉 연마가 필요하겠지요. 공을 들이지 않고 결과만 탐내는 것은 꿈의 법칙에 맞지 않습니다.

그런데 이게 만약 꿈이라면 누가 꾸는 꿈입니까?

저는 꿈에 등장한 캐릭터가 꿈을 꾸는 주인공이 아닐진대 꿈에서 맡은 자기 배역을 충실하게 연기하라는 크리슈나의 가르침이 마음에 듭니다. 깨달음(覺, 깸) 콤플렉스에서 풀려나 즐겁게 꿈을 즐기시길…

어차피 꿈이라면 때가 되면 깰 거고, 또 영원히 깨지 않고 꿈을 꾼다면 그건 꿈이 아니라 벗어날 수 없는 실제인 것을.

우리가 깨어 있다고 생각하는 상태 역시 잠이다?

잠과 꿈은 통제가 불가능한 주관적인 의식 상태입니다. 우리가 '깨어 있는 의식 상태'라고 부르는 일상의 의식 상태도, 잠이나 꿈과 전혀 다를 바 없는 통제가 불가능한 주관적인 의식 상태라는 가르침이 있습니다. 곧 우리가 깨어 있다고 생각하는 상태 역시 잠이라는 것입니다.

이 가르침의 진위를 파악하기 위해서는 그렇다 아니다 왈가왈부할 것이 아니라 깨어 있다고 생각하는 상태에서의 모든 활동 곧 생각, 느낌, 행동의 변화가 매순간 의식의 통제 하에서 일어난 것인지 통제가 불가능한 상황에서 발생한 것인지를 다음과 같이 해 보면 저절로 드러날 것입니다.

첫째, 세밀하게 관찰하십시오.

둘째, 관찰 결과를 기록하십시오(그때그때 메모를 하는 것이 좋다).

셋째, 충분히 누적된 기록 데이터를 분석해 보십시오.

“깨어나라!” “한시도 나와 함께 깨어 있을 수 없느냐?”는 예수의 일갈이 무슨 뜻인지 알고 싶다면, 무의식적으로 진행되던 생각과 느낌과 행동의 변화를 관찰하는 것만으로도 크게 자유로워질 수 있을 것입니다.

삶의 강은 바다로

삶의 강은 바다로 흘러갑니다.

가는 길에 구비도 있고 넓고 평평하게 느리게 흐르기도 하고 좁고 깊게 세차게 흐르기도 합니다. 지나는 길에 토지를 비옥하게도 하고 휩쓸어 버리기도 합니다. 그러면서도 무엇을 얻겠다는 생각도 없고 무엇을 잃었다는 생각도 없습니다. 그냥 그렇게 바다로 바다로 흘러갈 뿐입니다.

때로는 수정처럼 맑은 물이기도 하고 때로는 온갖 쓰레기를 품은 탁한 물이기도 합니다. 하지만 싫다 좋다 말없이 그저 바다로 흘러갈 뿐입니다.

학생이 배울 준비가 되면 늘 거기에 있던 선생이 나타난다는 말이 있습니다. 그처럼 우리가 인생의 흐름에서 무언가를 경험할 준비가 되면 그 경험을 인도해 줄 안내자가 우리에게 나타납니다.

우리가 오늘 만나는 모든 이가 그런 안내자일 것입니다. 만나고 헤어지고, 힘들기도 하고 즐겁기도 하고……

많은 구비를 돌아가지만 그래도 강물은 한순간도 멈추지 않고 바다로 흘러가고 있습니다.

이것이 강물의 진실입니다.

꽁꽁 싸매서 무겁게 지고 가는 대신 그렇게 가볍게 흘러가 보십시오.

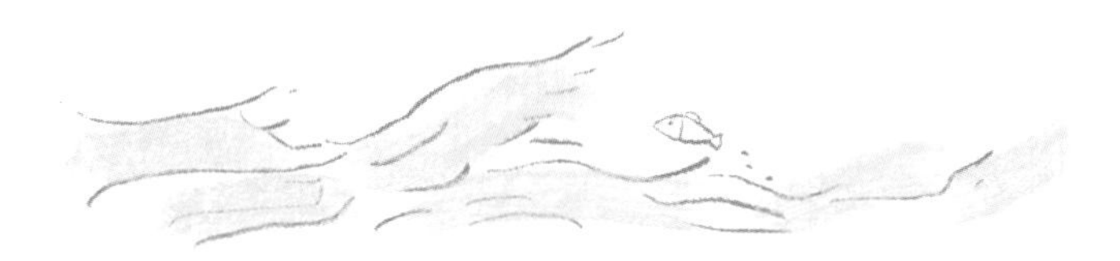

내가 누구인지
어떻게 알 수 있을까?

도가道家의 책인 『열자』(열자 저/정창영 역/2015년)에 이런 이야기가 나옵니다.

양주의 이웃 사람이 양을 잃어버렸다. 그의 온 가족과 친구들은 양을 찾느라고 어수선했다. 그들은 양주의 하인들까지 불러내서 양 찾는 것을 도와 달라고 법석을 떨었다.

양주가 말했다.

"어허! 잃어버린 양은 한 마리뿐인데, 어찌 이리 많은 사람들이 법석을 떠는가?"

이웃 사람이 말했다.

"양이 도망간 곳에 샛길이 많아서 어느 길로 갔는지를 몰라서 그렇습니다."

얼마 후, 양을 찾으러 갔던 사람들이 돌아왔다. 양주는 양 주인에게 물었다.

"그래 양은 찾았는가?"

"아니오. 못 찾았습니다. 샛길에 샛길이 얽혀서 나 있는 바람에 어느 길로 갔는지를 알 수가 없었습니다. 이 정도의 인원으로는 도저히 그 길을 다 뒤질 수가 없었습니다."

이 이야기는 양주가 한탄을 하고 아래의 양주 친구의 말로 끝이 납니다.

"양을 찾으러 나갔던 사람들은 길이 너무 많아서 양을 못 찾고 돌아왔네. (중략) 도道를 배우기 위해서는 오로지 한 길만 따라가야 하네. 이 길 저 길 다 가 보려고 하다가는 혼란만 늘어날 뿐, 결코 도에 이르지 못하네."

'나는 누구인가?' '우리는 어디서 와서 어디로 가는가?' '삶의 목적은 무엇인가?' '이 우주에 시작과 끝이 있는가?' 이런 것이 인간의 영원한 질문이자 마지막 질문일 것입니다. 해서 다른 모든 질문에 답이 주어진다 해도 '나는 누구이며, 어디서 와서 어디로 가는가?' 라는 의문이 풀리기 전에는 영원한 갈증 속에서 목말라할 것입니다.

이생에서의 성공이나 행복 등 여러 가지 대치물을 눈앞에 갖다 놓음으로써 이 마지막 질문을 회피하려고 발버둥치는 것은 어리석은 짓입니다.

땅에 묻힌 씨앗이 봄이 되면 싹을 틔워 흙을 뚫고 고개를 밖으로 내밀듯이, 아무리 묻어 두고 오랜 세월이 지나도 이 마지막 질문은 언젠가는 존재의 심연에서 솟아올라 존재 전체를 뒤흔들고 말 것이기 때문입니다.

그러면 내가 누구인지를 어떻게 알 수 있을까요? 물론 찾아야 할 것입니다. 그리고 찾기 위해서는 먼저 찾은 사람들의 안내를 받는 것이 현명한 방법입니다.

한데 여기서 문제가 생깁니다. 수많은 사람이 수많은 길을 제시하고 있기 때문입니다. 지금보다는 순박하고 단순했을 그 옛날 양주 시절에도 그랬던 모양이니 요즘에야 말해 무엇하겠습니까.

수많은 길 가운데서 어느 길이 옳은 길일까요? 아니, 어떤 길이 내가 가야 할 길일까요? 이 질문에 대한 대답은 가슴만이 할 수 있지 않을까요? 머리로 길을 선택하는 사람은 스스로 속이고 속는 길에 들어설 위험성이 큽니다. 하지만 가슴이 살아 있는 사람은 최소한 스스로 속이지는 않습니다.

예스? 예스!
노? 노!

> 너희는 '예' 할 때에는 '예'라는 말만 하고,
>
> '아니오' 할 때에는 '아니오'라는 말만 하여라.
>
> 이보다 지나친 것은 악에서 나오는 것이다.
>
> —『마태복음』 5장 37절

그렇습니다. 싫으면 그냥 '싫다'고 하면 됩니다. 왜 싫은지 구차하게 설명을 붙일 필요는 없습니다. 기분이 나쁘면 그냥 '기분이 나쁘다'고 하십시오. 기분이 나쁜데 안 나쁜 척하는 것은 위선입니다.

하지만 '너 때문에 기분이 나쁘다'고는 하지 마십시오. 이것은 악에서 나오는 것입니다. 거짓말이기 때문입니다. 내가 기분 나쁜 것이 왜 너 때문입니까? 나 때문이겠지요. 기분이 나쁘면 나쁜 것이지 그걸 왜 설명해야 합니까?

좋은 것도 마찬가지입니다. '있는 그대로' 솔직하게 자신을 표현하는 것이 의사소통에서 오해를 줄이는 지름길이겠지요. 이런저런 군더더기 설명을 붙일 필요는 없습니다. 그건 무언가 꾸미는 것이고 무언가를 꾸밀 때는 솔직성이 상실됩니다.

무엇에 대해서 이야기할 때 그저 그 이야기만 하십시오. 이야기를 합리적으로 만들려고 애쓸 필요도 없고 자기 생각을 담아서 주장할 필요도 없습니다. 그냥 이러저러하다고만 하면 됩니다.

들을 때도 마찬가지입니다. 그냥 듣기만 하십시오. 합리적으로 이해해 보려고 애쓸 필요도 없고 자신의 선입관과 조화를 시켜 보려고 노력할 필요도 없습니다. 그냥 듣고 '그런가 보다' 하면 됩니다.

그저 순간순간을 이렇게 텅 빈 마음으로 바라보기만 하십시오. 끼어들지 말고요.

예수님의 철학으로는 맹세 같은 것이 필요 없다는 것입니다. 하고 싶으면 그냥 하면 되지, 왜 굳이 맹세를 해야 하냐는 것이죠. 사실 맹세하는 사람의 마음속에는 거짓이 포함되어 있습니다. 그렇지 않다면 맹세할 필요가 어디 있겠습니까.

그러니까 맹세를 한다느니, 자기 입장을 밝힌다느니 하는 식의 구질구질한 짓거리 그만두고, 그냥 '예' 하고 싶으면 '예' 하고, '아니고' 하고 싶으면 '아니오' 하라는 것이겠지요.

당당하게 자존自存하라는 뜻이겠지요.

yes? yes! … no? no!

지킬 박사와 하이드 씨

A씨가 현실에서는 지킬 박사인데 인터넷 토론 광장이나 이곳저곳 여러 사이트에서는 하이드 씨일 수 있을 것입니다. 이 경우 인터넷상의 하이드 씨는 실재할까요? 만약 하이드 씨가 실재하는 존재라면 지킬 박사와 하이드 씨 둘 중에 누가 진짜 A씨인가요? 둘 다를 포함한 것이 A씨인가요?

하이드 씨가 실제 존재라면 실제 또는 실재reality라는 말의 정의가 문제가 됩니다. 인터넷상의 하이드 씨는 숫자(또는 신호) 0과 1의 조합으로 구성된 가상 현실 속 존재인데, 그를 실제 존재라고 한다면 현실 존재와 가상 현실의 존재를 구분할 방법이 없어집니다. 달리 말해 현실과 가상 현실을 구분할 방법이 없어집니다.

반대로, 가상 현실 속 하이드 씨는 실제 존재가 아니라면 현실에서의 A씨 역시 실제 존재라고 할 수 없습니다. A씨의 정체성은 A씨의 자기표현 또는 표현된 A씨로 이루어져 있습니다. A씨는 모습, 성격, 언행 등을 통해서 지킬 박사로도 자기를 드러내고 하이드 씨로도 자기를 표현합니다. A씨는 그런 자기표현을 통해서 B, C, D씨 등과 구별됩니다.

인터넷상의 하이드 씨는 A씨의 정체성을 구성하는 중요한 자기표현 가운데 하나입니다. 그런데 그것이 실제가 아니라고 부정한다면 A씨의 정체성 역시 부정되며, 정체성이 없는 것은 실재라고 할 수 없습니다. 정체성이 없는 것도 실재할 수 있다고 할지라도, 적어도 하이드 씨의 실재성을 부정한 A씨는 실제 A씨는 아닙니다. 나의 어떤 성격의 표현을 부정하고 나머지를 나라고 할 수 없는 것과 같은 이치입니다. 따라서 A씨가 실제 존재라면 현실의 지킬 박사는 물론 인터넷상의 하이드 씨도 부정할 수 없는 실제 존재가 됩니다.

정리하자면, '가상 현실'이라는 말 자체가 '가상 현실'은 '현실이 아니라는' 뜻을 함축하고 있지만, 하이드 씨를 실제 존재라고 하든지 아니면 실제 존재가 아니라고 하든지 간에 결론은 현실과 가상 현실의 구별이 사라진다는 것입니다. 현실의 지킬 박사도 실제 존재이고 인터넷상의 하이드 씨도 실제 존재이며, 가상 현실도 현실이라는 뜻입니다. 그런데 가상 현실도 현실이라면 현실 역시 가상 현실은 아닐까요?

과학 비즈니스 벨트의 핵심 시설이 될 새로운 물질을 만들어 내는 중이온가속기에 대한 이야기를 보다가 쌍생성, 쌍소멸하는 물질과 반물질에 대한 글을 쓰려고 시작했는데 생각이 현실과 가상 현실로 흘렀네요.

동시성

생명 그 자체로 시퍼렇게 살아 있는 '예수'
앞뒤 생각이 단절된 고요한 앉음으로 허공을 응시하는 '붓다'
싫다 좋다 없이 그저 그렇게 넉넉함을 즐기는 '노자'
이 셋을 섞어 놓은 듯한 그러면서도 예수와 많이 닮은 '크리슈나'

오늘 새벽잠에서 깨어나면서 선명하게 떠오른 생각입니다.
이들이 따로따로가 아니라
한 존재의 '동시적인' 다른 모습이라는 것을.

인간은 존재가 아니다

잠을 자면서 꿈을 꾸는 침대 위 나와 꿈속에서 꿈을 경험하는 내가 있습니다. 이렇게 인간은 한 존재가 아닙니다.

깨어 있을 때 나라고 느끼는 나도 한 존재가 아닙니다. 이런저런 경험을 하고 있는 나와 그걸 나라고 느끼는 내가 있기 때문입니다.

나아가서 인간은 존재가 아닙니다.

저마다 개성이 뚜렷한 최소한 10명 이상의 배우가 펼치는 연극입니다.

존재가 아니라 연극적인 현상입니다. 그러니 인격의 통일성 운운하는 것은 사태를 바로 파악하지 못한 어리석은 요구라고 할 수 있습니다.

잠에서 깨기 전에는 지금 경험하고 있는 것이 꿈이라는 것을 알 길이 없습니다. 꿈을 꾸고 있는 사람이 꿈을 꾸고 있는 다른 사람을 훈계하고 가르치는 것은 우주적인 희극입니다.

이제 장맛비가 그쳤나 봅니다. 이번 장마로 많은 사람이 죽고 재

산 피해도 많았다고 합니다. 허나, 이 모든 일이 구름 아래서 벌어지는 일. 구름 위는 언제나 햇빛 찬란한 하늘.

몸은 구름 아래서 비도 맞고 흙탕물에 빠지기도 하지만 혼이 구름 위에 있는 사람은 복됩니다.

인간은
제3의 '현상'입니다

인간은 육체적인 존재도 아니고, 정신적인 존재도 아닙니다. 아니, 애당초 인간은 존재가 아닙니다. 인간은 단백질로 이루어진 육체라는 하드웨어에, 정신이라는 소프트웨어가 설치되어 돌면서 다양한 현상을 연출하는, 제3의 '현상'입니다. 컴퓨터가 구현하는 세계는 하드웨어와 소프트웨어가 결합되어서 연출하는 '하드웨어도 아니고 소프트웨어도 아닌' 제3의 현상이지요.

인간도 마찬가지라는 생각이 듭니다. 하드웨어 제작자, 소프트웨어를 만든 프로그래머, 컴퓨터를 작동하고 있는 오퍼레이터… 이들은 누구일까요? 하드웨어 정비도 잘하고, 소프트웨어도 바이러스나 스파이웨어 같은 악성 프로그램이 덧씌워져 있지 않나 늘 깨어서 점검해야 깔끔하고 신나는 현상을 경험할 수 있겠죠. 그래서 저는 요즘 그동안 무심하게 방치했던 하드웨어를 정비하고 있답니다.

앗! 그런데 하드웨어를 정비하려는 마음을 먹은 '나'는 누구인가요? 오퍼레이터인가요?

있는
그대로를 봄

그대 마음을 어지럽히는 온갖 장애물은
하늘에 떠 있는 구름이 하늘에서 생기는 것처럼,
그대 마음에서 만들어져 나오는 것이다.
이런 그대의 마음을 관조하라!

모든 것이 마음속에 들어 있다.
그러니 마음을 떠나서 어디서 명상을 하겠는가?
모든 것이 마음속에 들어 있다.
그러니 마음 밝히는 것 외에 무슨 다른 가르침이 필요하겠는가?
모든 것이 마음속에 들어 있다.
그러니 마음 밖에서 무슨 행위가 있을 수 있겠는가?
모든 것이 마음속에 들어 있다.
그러니 마음 밖에서 무슨 목표를 찾을 수 있겠는가?
관조하라! 그대의 마음을 관조하고 또 관조하라!

우주를 이 잡듯 뒤지고 다녀도

마음은 찾을 수 없으리라.

우주란 마음이 만들어 낸 것,

그러니 마음을 찾으려면

그대 자신의 마음을 관조해야 하리라.

(중략)

과거라는 개념을 버려라.

지나간 흔적을 따라가지 마라.

미래의 계획도 따라가지 마라.

과거와 미래라는 생각을 끊어 버려라.

현재라는 생각도 품지 말아라.

오직 '비어 있음'을 체험하는 상태에 머물러라.

어떤 대상에 대해 명상하지 말고,

마음이 흩어지지 않는 깨어 있음에만 머물러라.

집중하는 것도 아니고 산만한 것도 아닌 상태로

있는 그대로를 보도록 하라.

—『티벳 사자의 서』(파드마삼바바 저/정창영 역/2000년) 중에서

연꽃 속에서 출현한 붓다로 알려진 파드마삼바바의 『티벳 사자의 서』 부록으로 실려 있는 시의 일부입니다.

연속되는 여러 시편이 있는데 번역할 당시 참고할 자료가 없어서 매우 난감했던 기억이 있네요. 시의 내용은 마하무드라(mahamudra. 大印) 철학의(철저한 비이원성과 궁극적인 실재의 '지금-여기'에서의 상태가 이미 자유라는 것을 가르친다. 편집 주) 핵심이라고 할 수 있겠네요. 쉽게 흉내 낼 수 있는 경지는 아니지만 함께 공명하고 싶네요.

목적이나 의도가 없는 말

토씨 하나 틀리지 않는 같은 이야기를 해도 말하는 이의 의도에 따라 그 에너지는 다릅니다.

어떤 진리를 깨닫고 그걸 사람들에게 전해서 사람과 세상을 변화시키고 싶다는 의도를 갖고 하는 말과, 똑같은 말을 하면서도 사람을 변화시키고 세상을 바꾸는 것은 자기 직무가 아니라 우주의 몫이라고 생각하는 사람의 말은 다릅니다.

그럼 어떤 목적이나 의도가 없다면 왜 말을 하는 것일까요?

그 이유는, 빛은 어둠으로 가둬 놓을 수도 없고 어떤 목적이 없이도 스스로 빛을 발하기 때문입니다.

신을 발견하는 방법

한 젊은이가 강에서 목욕하고 있는 라마크리슈나Ramakrishna(1836-1886, 인도의 성자. 모든 종교는 본질적으로 동일하다는 깨달음을 구현하고 전파함. 편집 주)를 찾아와서 어떻게 해야 신을 발견할 수 있느냐고 물었습니다. 라마크리슈나는 아무 말 없이 손짓으로 젊은이를 자기 옆으로 다가오게 했습니다.

젊은이가 오자 라마크리슈나는 젊은이의 머리를 물속에 처박았습니다. 젊은이는 숨이 막혀 머리를 쳐들려고 애를 썼지만, 애를 쓰면 쓸수록 라마크리슈나는 더욱 세게 머리를 눌렀습니다. 순간 이러다 죽는 것이 아닌가 하는 공포심이 젊은이의 머리를 스치고 지나갔습니다.

그는 물 밖으로 나오려고 죽을힘을 다해 발버둥을 쳤습니다. 라마크리슈나가 눌렀던 손을 떼자 물에서 나온 젊은이가 거친 숨을 몰아쉬며 항의했습니다.

"아니, 신을 발견하는 방법을 알려 달랬지 언제 저를 죽여 달라고 했습니까!"

"이게 신을 찾는 방법이라네. 자네가 살려고 물속에서 발버둥친 것처럼 그렇게 마음과 힘을 다해 신을 찾으면 찾을 수 있을 것이네."

가슴이 살아 있지 않은 사람은 무슨 얘기를 들어도 존재의 변화가 일어나지 않습니다. 아는 것은 많아지고 이런저런 방법으로 수련을 하면 초능력도 생기겠지요. 하지만 그래서 어쨌단 말인가요?

알면 얼마나 알 것이며, 하늘을 날고 지구를 개 끌듯이 끌고 다니는 초능력을 얻었다 한들 그게 우리 혼의 자유와 무슨 관계가 있을까요? 홍수가 나면 가장 귀한 것이 마실 물이라는 것을 아시나요?

진정으로 신과 하나되기를 원하는 사람, 존재의 의문이 낱낱이 풀린 환한 지경에 들어가고자 하는 사람, 또는 막말로 깨닫고 싶은 사람이라면 이 도술道術의 홍수 시대에 생명을 걸고 존재를 내던져야 마실 물 한 그릇을 겨우 얻을 수 있을지 모릅니다.

'지금-여기'에 존재한다는 것

가끔 제가 하는 명상입니다.

태양에서 명왕성까지의 거리 = 59억km = 5,900,000,000km

빛의 속도 = 30만km/sec = 300,000km/sec

태양에서 명왕성까지 빛이 도달하는 시간

= 59억km÷30만km = 19,667초 = 328분 = 5시간 30분

(지름으로 계산하면 빛이 태양계를 가로지르는 데 11시간 걸린다.)

은하계의 지름 = 10만 광년 = 36,500,000광일

= 876,000,000광시간

∴ 빛이 은하계를 가로지르는 데 걸리는 시간

= 876,000,000광시간

은하계를 빛이 가로지르는 데 걸리는 시간 876,000,000(광시간)

÷ 태양계를 빛이 가로지르는 데 걸리는 시간 11(시간)

= 79,636,364(약 8천만)

숫자가 너무 크므로 생각하기 편하게 은하계를 사각형이라고 보면, 은하계 한 변의 길이가 태양계 한 변의 길이의 8천만 배가 된다는 말이므로, 면적으로 계산하면 8천만 곱하기 8천만(6,400조)분의 1이 우리 은하계에서 태양계가 차지하는 면적이 됩니다.

태양계에서 지구가 차지하는 면적이 모니터 100만 개 붙여 놓은 크기에 도트 하나 크기인데(태양계와 지구의 반지름을 기준으로 면적을 계산해 보면 지구는 태양계 면적의 8,680억분의 1, 모니터 도트 수가 약 79만 개[가로1,024×세로768=786,432개], 8680억÷79만=약 100만), 은하계 면적은 태양계 면적의 6400조 배라, 그럼 지구는 도대체 얼마나 작다는 것일까요?

우리가 도저히 찾을 수 없는 이런 지구를 찾아와서 살고 있다는 것이 얼마나 기적 같은 코미디인가요? 또, 우리 은하계 같은 은하계가 몇 천 억 개는 더 있다는데… 이거 계산이 되나요?

이건 공간만 생각해 본 것입니다. 만약 시간이라는 요소까지 넣고 계산해 본다면 시작도 끝도 알 수 없는 시간의 흐름 속에서 지금이라는 특정한 시간이 차지하는 비중은 어느 정도일까요.

그러니 공간적으로 '여기'에 존재하는 것도 기적이요, 시간적으로 '지금' 존재한다는 것도 기적이 아닐 수 없습니다. 그런데 시공간을 합쳐서 '지금-여기'에 존재한다니 이건 무슨 말로 표현할 수 있을까요?

그보다 더한 것은 나 혼자 지금-여기에 존재하는 것도 기적을 넘어서는 일인데, 나 못지않게 기적처럼 존재하는 다른 누군가를 만나고 있다는 것입니다. 그러니, 지금-여기에서 누군가를 만나고 있다는 것은 상상을 넘어가는 상황이 아닌가요?

먼 훗날 은하계 저편 어느 별 카페에서 따뜻한 홍차 한 잔, 아니면 적포도주 한 잔 마시면서 지구에서의 지금-여기의 추억이 아름다웠다고 미소 지을 수 있기를 바랍니다.

다반향초
-늘 처음으로

집에서 멀지 않은 예산에 추사 선생의 생가인 추사고택秋史古宅이 있습니다. 홍성에 살 때 몇 번 방문했던 적이 있는데, 본래 53칸의 저택이었던 것으로 알려져 있으나 지금은 그 절반 정도인 20여 칸만이 남아 있습니다.

방마다 현판이, 기둥마다 주련이 추사의 호방한 글씨로 걸려 있는데요, 어디에 있던 것인지 기억이 나지 않지만 주련 중에 눈에 들어오는 글이 있어서 베껴 온 것이 있습니다.

靜坐處茶半香初 (정좌처다반향초)

妙用時水流花開 (묘용시수류화개)

고요히 앉은 자리, 차를 반쯤 마시도록 향은 처음 그대로네.

미묘한 움직임 일자, 물 흐르고 꽃 피네.

(靜坐)處 — (고요히 앉아 있는 공간인) '이곳',

(妙用)時 — (미묘한 도道가 움직여 물 흐르고 꽃 피는 현상이 벌어지고 있는) '지금',

이 둘이 하나라는 선적禪的인 분위기가 마음에 들었습니다.

다반향초茶半香初, 차를 반쯤 마시도록 향은 처음 그대로라는 말도 정신이 번쩍 나게 만들더군요.

대개 음식을 먹거나 차를 마실 때, 첫 수저 첫 모금은 맛이나 향을 어느 정도 느낍니다. 그러나 반쯤 먹고 마신 다음에는 맛이나 향을 느끼기 어렵지요. 물론 대화라는 미명하에 입을 놀리면서 먹고 마신다면 첫 수저 첫 모금에도 맛과 향을 느낄 수 없을 것입니다.

차를 반쯤 마셨는데도 향은 처음 그대로라면, 매 순간을 처음 대하는 순간으로 차를 마신다는 뜻이겠지요. 말 그대로 과거의 기억과 미래의 기대 없이 그 순간에 존재하는 것입니다.

이게 『선심초심』에서 스즈키 선사가 말하는 '초심初心'일 겁니다. '처음처럼'이 아니라 늘 '처음으로'인 셈이지요.

하사 – 중사 – 상사

하사下士	중사中士	상사上士
비이성적인 집단의식	이성적인 의식	신성한 의식
외면	내면	원형
납	연금술 실험실	황금
직업	경력	소명
물질	에너지	신성한 빛
필요	선택	사랑과 연민
다른 사람 컨트롤	자기 컨트롤	복종
나에게로	나로부터	나를 통하여
나	우리	세계(우주)
문자적인 관점	정서적인 관점	통합적인 관점
시각	감각	알아차림

영과 혼
– 해와 달

살아 있는 사람 속에서 영spirit과 혼soul은 하나로 결합되어 있지만, 동일한 것이 아닙니다. '영혼'이라는 단어는 '영'과 '혼'이 하나로 되어 있는 상태를 통째로 일컫는 말입니다.

영은 인간성 위로 솟아올라서 초월하려는 의지를 가지고 있고, 혼은 개인의 정서나 감정 속으로 침잠하려는 성향을 지니고 있습니다. 영어에서는 스피리추얼spiritual(영적인 또는 정신적인)과 소울풀soulful(혼적인 또는 정서가 지극히 민감한)이라는 두 단어가 영과 혼의 차이점을 잘 보여 줍니다.

쏠라solar 에너지가[해] 영적이라면, 루나lunar 에너지는[달] 혼적입니다. 영은 남성적이고, 혼은 여성적입니다. 영을 아버지라고 한다면, 혼은 어머니라고 할 수 있습니다.

남성적인 영의 욕구가 충족되면 기쁘고, 여성적인 혼의 욕구가 충족되면 평화롭습니다. 기쁘고 평화로운 상태에서 발출되는 에너지를 사랑이라고 합니다[사랑-기쁨-평화].

이 밖에 사랑이라고 하는 것은, 부모의 자식에 대한 사랑이나 연인들의 사랑까지 대개는 욕망의 투사입니다. 기쁜데 평온하지 않으면 뭔가 알맹이가 빠진 것처럼 허전하고, 평온한데 기쁘지 않으면 무채색 정물화처럼 생기가 없지요.

우리는 무엇이 '될' 수 있는가

우리는 무엇이 될 수 있는가? 이 질문에서 포인트는 '무엇'이 아니라 '될 수 있는가?'에 있습니다. 과연 우리의 의지로 무엇이든지 간에 '될 수 있는가?'라는 물음이지요. 'What can we become?'이 아니라 'Can we become someone(or anyone)?'이 질문이라는 말입니다.

내가 무엇이 되려면 또는 내가 어떤 사람이 되려면 그 조건에 맞는 행위가 따라야 하겠죠. 그리스도인이 되려면 그리스도처럼 살아야 할 것이고, 불자가 되려면 부처님 가르침대로 살아야 하겠고, 좋은 부모가 되려면 좋은 부모 역할을 해야겠죠. 그러나 현 상태의 인간에게는 그렇게 행동할 수 있는 행위의 자유가 없습니다. 생각도 마음대로 못하고, 느낌도 원하는 대로 느낄 수 없고, 행동도 마음대로 조절을 하지 못합니다.

생각, 느낌, 행동이 모두 어떤 순간에 주어진 외부의 자극과 영향력에 대한 반응으로 '일어납니다'. '하는' 것이 아니라 '일어난다'는 말입니다. 현 상태의 인간에게는 결코 무엇이 '될 수 있는' 가능성이 나 희망이 없습니다. 어떻게 되고 싶다는 또는 무엇이 되고 싶다는 꿈을 꿀 수 있는 자유도 없습니다.

만약 이렇게 자동 반응하는 기계적인 조건에서 벗어나고 싶다면 먼저 자기의 감정, 생각, 행동이 어떻게 자동 반응하는지를 낱낱이 파악할 필요가 있을 겁니다.

자기가 생각과 행위의 주체인 양 착각하는 동안에는 외부의 자극에 무한 반복하는 기계의 처지에서 한 치도 벗어날 수 없을 겁니다.

반성문
: 건드리지 마라

예전에 꿩들이 알을 낳고 새끼를 까던 곳에 집터를 잡고 그 위에 집을 지었습니다. 꿩들에게는 미안했지만, 그 녀석들에게 더 좋은 서식처를 찾을 수 있을 것이라고 위로와 격려를 해 주었습니다.

일반적으로 새들이 둥지를 틀고 새끼를 까는 곳은 생명 에너지가 아주 좋은 곳으로 알려져 있습니다. 그래서 집을 지을 때 감각이 무딘 저로서는 꿩의 지혜를 빌려 터를 잡은 셈입니다.

꿩이나 날아다니는 새들을 볼 때마다 서식처를 빼앗은 미안한 마음이 늘 있었는데, 이번 봄에 세 종류의 새가 하나는 집으로 들어오는 입구에 세워 놓은 편지함에, 다른 하나는 창고에 쌓아 놓은 잡동사니 바구니에, 그리고 마지막 하나는 가스레인지 후드 송풍구 구멍에 둥지를 틀었습니다.

그 중 가장 먼저 알에서 깨어난 창고 녀석들은 까칠한 털에 포드득 포드득 창고 안에서 날아다니기도 하고, 제가 창고 문을 열고 들어가면 제 어미가 온 줄 아는 것인지 아니면 경계하라는 뜻인지 여섯 마리가 제법 째짹거리기도 합니다.

편지함에 있는 녀석들은 오늘 아침에 알을 깨고 나온 것 같습니다. 아침에 편지함을 살짝 들여다보니 알을 품고 있어야 할 어미새가 보이지 않길래 살짝 손을 넣어 더듬어 보다 깜짝 놀랐다는 것 아닙니까. 새끼손가락 반절 크기 만한 새끼 다섯 마리가 오글오글…

후드 송풍구 구멍에 둥지를 튼 녀석들은 아직 부화중인 것 같아 후드를 작동하지 못하고 있지요. 어쨌든 건드리지 않으면 자연은 잘 돌아간다는 것을 배우게 되네요.

창고에 있는 녀석들은 덩치가 꽤 커져서 집이 비좁아 보이더군요. 그래서 그 놈들 집 주변에 자리를 넓혀 주려고 종이를 구겨서 쉼터(?)를 만들어 주려 했지요. 그랬더니 여섯 마리가 동시에 째짹거리며 날아서 여기저기 구석으로 숨더군요.

괜히 건드렸구나 싶은 생각이 들면서 반성을 했습니다. 아래는 반성문입니다.

내가 끼어들지 않으면
백성들의 싸움이 저절로 그친다.
내가 맑고 고요히 살면
백성들은 스스로 나쁜 습관을 고친다.
내가 억지로 무슨 일을 벌이지 않으면
백성들의 삶은 저절로 풍요로워진다.

내가 욕심이나 야망을 품지 않으면

백성들은 스스로 통나무같이 순박해진다.

—『도덕경』(노자 저/정창영 역/2014년) 57장 중

투사가 지각을 낳는다

어떤 사람이 도끼를 잃어버렸다. 그는 이웃집 아들을 의심하고 다음날 그 아이의 행동을 유심히 관찰했다. 아니나 다를까 그 아이의 행동이 평소와는 달랐다. 그래서 그 아이가 도끼를 훔쳐갔다고 확신하게 되었다.

며칠이 지난 다음 뒤뜰에서 일을 하다가 검불 속에서 도끼를 찾았다. 그는 다음날 이웃집 아이의 행동을 유심히 관찰해 보았다. 그런데 아무리 살펴봐도 의심할 만한 모습을 찾아볼 수가 없었다.

이렇듯 모든 것은 어떤 마음을 갖고 보느냐에 달려 있다.

—『열자』 중에서

ACIM에 나오는 "투사(投射, projection)가 지각(知覺, perception)을 낳는다"는 유명한 가르침을 옛날 도 닦던 사람들도 잘 알고 있었던 같습니다.(ACIM: 『A Course in Miracles』, 1976년 헬렌 슈크만이 내면의 음성을 받아 적은 글을 책으로 펴내 30여 개 언어로 번역되었다. 편집 주)

네 눈이 밝으면

예수께서 말하셨습니다. "눈은 몸의 등불이다. 그러므로 네 눈이 밝으면(성하면) 네 온몸이 밝을 것이고, 네 눈이 어두우면(성하지 못하면) 네 온몸이 어두울 것이다."

여기서 '온몸'으로 번역된 헬라어 '소마soma'는 물질적인 육체가 아니라 존재 전체를 가리키는 말입니다. 성서의 표현을 빌면 '육의 몸'이 있고, '혼의 몸'이 있고, '영의 몸'이 있습니다. '땅에 속한 몸'도 있고 '하늘에 속한 몸'도 있습니다. 소마는 이렇게 육체를 포함하지만 육체만 가리키는 말이 아닙니다.

보다, 만져 보다, 생각해 보다, 느껴 보다, 들어 보다, 맛보다, 상상해 보다, 가 보다, 와 보다, 뛰어 보다, (냄새를) 맡아 보다, 말해 보다, 해 보다 …

이렇게 우리의 거의 모든 경험이 보는 것으로 귀결됩니다.

달리 말해 거의 모든 경험이 시각 정보로 환원되어서 기억되는 셈이지요. 눈은 보는 데 필요한 감각기관입니다. 따라서 눈이 밝다는 것은 온몸(소마)의 모든 경험을 밝게 인식한다는 뜻이겠지요.

밝은 눈으로 깨어 있으면 좋겠습니다.

영지,
체험적인 앎

영지주의자gnostic, 이 말은 '지식' 또는 '앎'으로 번역할 수 있는 헬라어 '그노시스gnosis'에서 온 말입니다. 궁극적인 실재에 대해서는 아무것도 모른다고 주장하는 사람을 '불가지론자(不可知論者, agnostic)'라고 하듯이, 그러한 것을 안다고 주장하는 사람을 '영지주의자(gnostic, 靈知主義者)'라고 합니다.

'그노시스'는 이성적인 지식이 아닙니다. 헬라어에서는 "그는 수학을 안다"라고 할 때의 앎과 같은 사고에 의한 과학적인 지식과 "나는 너를 안다"라고 할 때와 같이 관찰이나 경험에 의해 아는 앎을 구별해서 씁니다.

'영지靈知'라고 번역해서 쓰는 '그노시스'는 관찰이나 경험을 통해 아는 체험적인 앎입니다. 영지주의 그리스도인들은 직관적인 과정을 통해 자기 자신을 아는 것을 가리킬 때도 이 말을 사용합니다. 그러므로 '그노시스'를 '깨달음' 또는 '통찰'이라고 번역할 수도 있습니다.

영지주의 그리스도인들은 자기 자신을 아는 것은 인간의 본성과 운명을 아는 것이라고 말합니다. 그들의 말에 따르면 '영지'란 인간의 본성과 운명에 대한 깨달음이라고 할 수 있습니다.

A.D. 140~160년 무렵에 영지주의 교사였던 테오도투스Theodotus가 소아시아에서 쓴 글에 따르면, 영지주의자란 "우리가 누구였고, 우리가 어떤 존재인지, 우리가 어디에 있었고… 어디를 향하여 서둘러 가고 있는지, 우리가 무엇에서 해방되는 것인지, 태어남은 무엇이고, 다시 태어남은 무엇인지"(「Excerpta ex Theodoto」 78.2)를 이해한 사람을 가리킵니다. 그러나 가장 깊은 수준에서 자신을 아는 것은 동시에 하느님을 아는 것이며, 이것이 '영지'의 비밀입니다.

그렇기 때문에 또 다른 영지주의 교사인 모노이무스Monoimus는 자신을 아는 것이 하느님을 아는 것이라고 말합니다. "하느님이나, (하느님의) 창조나, 그와 비슷한 다른 것들을 찾지 마라. 그대 자신을 하느님을 찾는 출발점으로 삼아라. 그 자신의 모든 것을 만드는 자가 그대 내면에 있다는 것을 배워라. … 슬픔, 기쁨, 사랑, 증오… 이런 것의 근원을 찾아라. 이런 것을 주의 깊게 탐구하면, 그대 안에서 그를 발견하리라."(「Refutationis Omnium Haeresium」 8.15: 1-2).

리액트가 아닌 액트 차원에 존재하기

깨어난 스승이 사람들에게 지혜의 가르침을 전하고 있었습니다. 그때 무리 속에 섞여서 그 가르침을 듣고 있던 한 젊은이가 스승의 얼굴에 침을 뱉었습니다. 무슨 개소리냐는 것이었겠지요. 스승은 아무렇지도 않은 듯이 침을 쓱 닦고는 가르침을 이어갔습니다. 그러자 젊은이가 대들었습니다.

"아니, 제가 얼굴에 침을 뱉었는데도 아무렇지도 않다는 말입니까?"

"자네는 내가 무슨 반응을 보이길 기대했는가?"

"당연히 그렇지요."

"그렇다면 10년 늦었네. 아마 자네가 10년 전에 와서 침을 뱉었다면 반응을 했겠지. 하지만 지금은 그렇지 않다네."

이야기에서, 스승은 리액트react가 아니라 액트act 차원에 존재하고 있습니다. 자동 반응, 조건 반사. 이것이 사람들이 갇혀 있는 감옥입니다. 여기에 갇혀서 자유롭게 생각하지도 못하고 자유롭게 행동하지도 못합니다. 더도 덜도 아닌 감옥 그 자체입니다. 이 감옥에서 벗어나려면, 그래서 스승처럼 액트 차원에 존재하고 싶다면 어떻게 해야 할까요?

「쇼생크 탈출」이나 「프리즌 브레이크」 같은 탈옥 이야기를 다룬 영화나 드라마를 보면 몇 가지 공통점을 발견할 수 있습니다. 우선 오랜 세월을 감옥에서 보내면서 적응하는 과정을 포함하여 감옥의 구조와 생리를 파악하는 기간이 있습니다. 여러 가지 실수와 실패를 경험하면서 나름대로 감옥 생활의 노하우를 쌓아 나갑니다. 때로는 감옥의 고수들에게 이런저런 비법을 전수받기도 하면서 감옥에서 살아남는 법, 감옥에서 편안히 지내는 법을 배웁니다.

이렇게 오랜 세월 감옥에서 보낸 사람 중에는 감옥 생활에 최적화되어서 탈옥 같은 것은 꿈도 꾸지 않는 사람도 있습니다. 그런 사람을 석방시켜 세상에 내보내면 세상에 적응하지 못하고 다시 감옥으로 돌아갈 궁리만 하다가, 그것도 여의치 않으면 자살을 하기도 합니다. 하지만 우리의 주인공은 탈옥을 계획하고 자신의 계획을 꾸준히 실천에 옮겨 결국 자신의 꿈을 이룹니다.

출생 차트Birth Chart(어떤 사람이 태어난 날, 태어난 그 자리에서 볼 때 하늘의 별들이 어디에 자리잡고 있었는지를 2차원 평면에 옮긴 도표)가 보여주는 것은 조건 반사 감옥의 구조와 생리입니다. 따라서 출생 차트에 암시되어 있는 대로 (긍정적으로든지 부정적으로든지) 조건 반사하는 자동 반응 기계가 아니라 행위의 주체가 되어 행위하는 법을 익힐 수 있다면, 또는 행위하려는 의지 없이 행위하는 법을 익힐 수 있다면 그것은 탈옥한 상태라고 할 수 있습니다.

탈출할 수 있는 구멍은 『바가바드 기타』의 크리슈나, 석가모니 붓다, 예수, 노자 등 수많은 성현들이 이미 넉넉히 알려 주었습니다. 각자 자신이 선택한 구멍으로 탈출을 시도하면 될 것입니다.

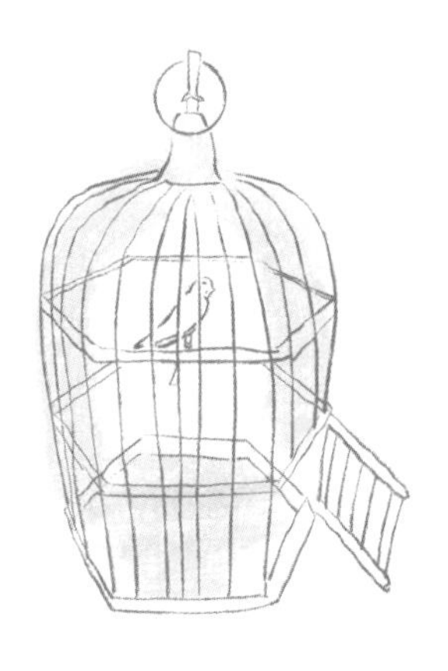

채널링

흔히 더 높은 자아 또는 우리 차원 너머에 있는 존재가 인간의 몸을 빌려 메시지를 전하는 것을 채널링channeling이라고 합니다. 채널링이라는 말이 TV 채널을 맞추듯 메시지의 소스에 주파수를 맞춘다는 뜻인데, 채널을 돌리듯 주파수를 맞추는 주체는 당연히 채널의 도구가 될 채널러입니다. 채널러의 동의를 받고 다른 차원의 존재가 임시로 채널러의 머리와 혀를 빌려 쓰는 것이라는 말입니다.

수많은 소리와 영상이 전파의 형태로 우리 주위에 현존하고 있습니다. 라디오 주파수를 맞추거나 TV 채널을 돌리기만 하면 그 영상과 소리를 보고 들을 수 있습니다.

이렇게 가정해 보는 것은 어떨까요? 우리를 둘러싸고 있는 허공에 이미 우주의 모든 정보, 모든 차원 모든 시간대의 정보가 현존하고 있으며 우리가 두뇌의 주파수를 어디에 맞추느냐에 따라 그 주파수대의 정보가 잡힌다고요.

우리가 어떤 문제를 골똘히 생각하다 보면 어떤 홀연한 순간에 또는 꿈속에서 그 문제에 대한 대답이 주어지는 경우가 있습니다. 그 대답의 내용이 자기가 평소 생각하지 못했던 것이기에 어디 다른 곳에서 온 것 같다는 느낌이 듭니다.

이런 걸 옛날에는 계시니 현몽이니 환상이니 했습니다. 그러나 계시나 현몽이나 환상은 메시지를 주는 쪽에 초점을 둔 언어이고, 받는 우리 쪽에서 보면 깨달음입니다. 이런 것을 고전적인 채널링 현상이라고 할 수 있지 않을까요? 대부분의 종교는 이런 현상을 기반으로 형성되었습니다.

옛날에 사람들에게 나타나서 하늘의 정보를 전해 준 신이나 천사나 불보살들을 다른 별에서 온 ET로 가정해 보는 것은 어떨까요? 신화처럼 포장된 경전에 나오는 옛날이야기들이 상상으로 지어낸 이야기가 아니라 사실에 대한 객관적인 묘사일 수도 있다고 가정하고 읽어 보자는 말입니다.

아후라 마즈다의 예언자 조로아스터는 평생 선한 신 아후라 마즈다가 보낸 천사들의 인도를 받았습니다. 그가 아후라 마즈다의 메시지를 전하러 다니는 도중에 어떤 마을에서 이런 일이 있었습니다.

조로아스터의 가르침에 감동한 마을 사람들이 자기들이 지금까지 섬기던 신들을 버리고 아후라 마즈다만 섬기겠다고 결단을 했습니다. 그러자 조로아스터가 말했습니다.

"나도 여러분과 같은 생각을 갖고 있습니다. 그러나 지금까지 여러분이 섬긴 신들 역시 아후라 마즈다를 따르는 고귀한 신하들임을 잊지 마십시오. 그들은 우리 인간들보다 훨씬 훌륭하고 우리를 바른 길로 이끌어 준 존재들입니다. 그들을 숭배하지는 않더라도 존경하고 감사하는 마음을 버려서는 안 될 것입니다."

그러자 한 사내가 물었습니다.

"예언자께서도 과거에 그 신들에게 기도하신 적이 있나요?"

"물론 그랬지요. 그러나 참신 아후라 마즈다를 안 다음부터는 오직 아후라 마즈다에게만 기도합니다."

몇몇 사내가 합창하듯이 말했습니다.

"그렇다면 미트라를 기념하는 축제를 열지 말아야겠군요."

"여러분 생각이 옳습니다. 아후라 마즈다만이 참된 신임을 안 이상, 그의 신하를 기념하는 축제를 열면 안 되겠지요. 하지만 모든 페르시아 사람이 여러분들처럼 참신을 바로 알 때까지는 지금까지 해왔던 것처럼 미트라를 위한 축제를 계속 열어야 합니다. 그렇지 않으면 그들은 참신을 깨달을 기회를 얻지 못할 수도 있기 때문입니다. 아후라 마즈다는 우리가 새로운 깨달음을 천천히 받아들이도록 하셨습니다."

아후라 마즈다라고 하는 최고신이 있고 그 아래로 여러 계급의 신들이 있어서 인류의 의식 수준에 맞게 각 신들이 내려와서 인류를 가르쳤다는 뜻으로 받아들일 수 있는 대목입니다.

조로아스터는 지극히 높은 아후라 마즈다의 아들 사오샨츠가 하늘에서 땅으로 내려와서 인간 세상을 구원의 길로 인도할 것이라고 선포했습니다. 그는 마지막까지 "아후라 마즈다의 아들 사오샨츠는 페르시아에 온 적이 있으며 다시 이곳에 올 것이다. 사오샨츠를 위한 길이 페르시아에 마련될 것"이라고 가르쳤습니다.

별을 따라와서 아기 예수에게 경배했다는 동방 박사 이야기도 재미있습니다. 동방 박사를 인도했다는 별에 대해 곽노순은 『밀레니엄 신인간』에서 이런 생각을 펼칩니다. "동방으로부터 예루살렘 도성까지 세 인간을 인도했다는 이동하는 별이란 무엇이었을까? 그것은 어쩌면 밤마다 같은 시각에 다른 위치에 나타나는 혜성이 아니었을까? 그러나 그 발광체가 베들레헴으로 이동해 예수가 태어난 집 위에 우뚝 섰다고 하니, 그것은 천체이기보다는 철기 시대의 인간들이 알지 못하는 비행체일 가능성이 높다. 목격자와 가까운 거리에서 그런 발광 비행체가 허공에 정지했다면 베들레헴 근방의 목자들처럼 '영광'이라고 표현할 것이다."

복음서가 전하는 바에 따르면 예수의 삶의 중요한 단락마다 천사들이 나타나 길을 제시하거나 도움을 준 것을 알 수 있습니다. 헤롯의 학살을 피해 이집트로 피신할 때도 그랬고, 이집트에서 돌아올

때도 천사의 지시를 받았습니다. 광야에서 40일 동안 금식하고 있을 때도 천사들이 도왔고, 부활한 다음에는 그의 빈 무덤을 지키고 있던 천사들이 예수가 부활했다는 소식을 제자들에게 전했습니다. 예수는 또 자기가 하느님의 빛으로 천사들과 함께 올 것이다, 또는 세상 마지막 날에 천사들이 와서 의인과 악인을 갈라놓을 것이라는 등 천사에 대해 여러 차례 언급했습니다. 이런 것이 단지 신화적인 표현일까요? 천사에 대한 예수의 말이 단순한 비유였을까요?

마호메트교의 경전인 『코란』이 채널링의 산물이라는 것을 모르는 사람은 없을 것입니다. 마호메트는 글을 읽을 줄 모르는 까막눈이었습니다. 그런 그의 입에서 나온 말이 『코란』이 되었습니다. 마호메트는 히라 동굴에서 알라신의 천사 지브릴(가브리엘)을 만나 알라의 예언자로 부름을 받았습니다. 그리고 20년 동안 지브릴을 통해 전달받은 알라의 뜻을 사람들에게 선포했고 그것이 모아져서 『코란』이 되었습니다. 이야말로 채널링의 전형이랄 수 있습니다.

『베다』와 『마하바라타』를 비롯한 인도의 고문헌에 등장하는 신들의 숫자와 계보는 헤아리기 어려울 정도입니다. 석가모니 시절 신들의 숫자가 사람보다 많았다고 하니 가히 짐작이 갑니다. 여기저기 신들이 우글거리고 사람들이 신들에게 종속되어 우뚝 서지 못하는 것이 얼마나 안타까웠으면 석가모니는 신이 없다고 가르쳤을까요?

그러나 신이 없다고 가르친 석가모니의 가르침 속에도 여러 하늘과 그곳을 지배하는 붓다와 보살들의 이야기가 산더미처럼 나옵니다. 아미타불의 서방극락세계西方極樂世界와 아촉불의 동방묘희세계東方妙喜世界, 그리고 약사불의 동방정유리세계東方淨瑠璃世界 등의 정토가 있는가 하면, 정토는 동 · 서 · 남 · 북의 사방四方과 건乾 · 곤坤 · 간艮 · 손巽의 사유四維 및 상 · 하 등의 여러 방향에 무량무변無量無變하게 존재하기 때문에 타방정토他方淨土 또는 시방정토十方淨土라고 합니다.

한마디로 무수한 하늘 세계가 존재한다는 뜻입니다. 제석천왕, 염마천왕 등 12명의 천신天神도 있고, 기독교의 타락한 천사나 마귀쯤에 해당하는 아수라들도 있습니다. 아이러니컬하게도 무無와 공空으로 집약되는 붓다의 가르침 속에 가장 복잡한 외계 정보가 포함되어 있는 것입니다.

이런 이야기는 심증은 가지만 물증은 없습니다. 물증이 없으면 법적으로는 무죄이지만 법적으로 무죄라고 해서 죄가 없는 것이 아닌 것처럼, 물증이 없다고 해서 사실이 아니라고 말할 수는 없지 않을까요. 그러나 지금까지 전개시킨 가정과 추측이 20세기 끝 무렵부터 쏟아지기 시작한 여러 채널링 정보들과 흐름을 같이하고 있다면 열린 눈으로 확인해 볼 필요는 있을 것입니다. 누가 아나요? 지금까지 믿어 오던 것과 다르다고 무조건 배척한다면 어느 날 땅을 치고 후회하게 될지. 믿음이란 앎으로 형성되는 것이고, 앎이란 늘 새로워져야 되는 것 아닌가요!

테크놀로지는 지구보다 월등하지만 혼의 수준은 우주의 낙오자 대열에 낄 만한 존재들이 보내는 메시지만 분별해 낼 수 있다면, 또 우리도 이미 다 아는 것을 중언부언 가르치려고 드는 시대착오적인 존재들이 있다는 것을 안다면, 그리고 채널링을 빙자해서 사기 치는 지구 천재들이 있다는 것을 알아차릴 수 있다면 지금 시대의 전환기에 쏟아지고 있는 메시지에 귀 기울여 볼만도 할 것입니다. 누가 아나요? 옛날에 그랬던 것처럼, 또 함석헌 선생이 그렇게 기다리던 새 종교가 탄생할지요.

너희가 둘을 하나로 만들 때

1945년 이집트 북부 사막 나그-함마디Nag-Hammadi에서 농부가 발견한 두루마리 문서들 가운데 아주 적은 분량의 예수의 어록집이 포함되어 있었습니다. 이름하여 『도마복음』인데 예수의 말씀 114개를 담고 있답니다.

그 가운데 22번째 말씀입니다.

예수께서 갓난아이들이 젖을 빨고 있는 것을 보시고 제자들에게 말씀하셨다.

"이 갓난아이와 같은 자들이 (하늘)나라에 들어간다."

제자들이 예수께 물었다. "그러면 우리가 어린 아이가 되어서 (하늘)나라로 들어간다는 말씀인가요?"

예수께서 대답하셨다. "너희가 둘을 하나로 만들 때, 안을 밖처럼 만들고 밖을 안처럼 만들 때, 그리고 위와 아래를 같게 만들 때 (하늘나라에) 들어간다. 또 너희가 남성과 여성을 하나(독존자獨存者)로 만들 때, 그리하여 남성이 더 이상 남성이 아니고 여성이 더 이상 여성이 아닐 때 (하늘나라에) 들어간다. 또 너희가 눈을 다른 눈으로, 손을 다른 손으로, 발을 다른 발로 대치시키고, 형상形象 대신 다른 형상을 만들어 낼 때 (하늘나라에) 들어간다."

지나가는
나그네가 되라

『도마복음』 42번째 말씀입니다.

> 예수께서 말씀하셨다.
> "지나가는 나그네가 되라."

아랍 수피들의 입을 통해 전해 오는 예수의 말씀인 "다리 위에 집을 짓지 마라"와 뜻이 같은 것 같지요?

너희는 어디에서 왔느냐

『도마복음』 50번째 말씀입니다.

예수께서 말씀하셨다.

"사람들이 너희에게 '너희는 어디서 왔느냐?'고 물으면 '스스로 존재하는, 빛을 발하는 빛에서 왔다'고 대답하여라. 그들이 너희에게 '너희는 빛이냐?'고 물으면 '우리는 빛의 자녀들이며, 살아 계신 아버지의 선택을 받은 자'라고 대답하여라. 그들이 '너희에게 있는 아버지의 징표가 무엇이냐?'고 물으면 '움직임과 휴식'이라고 대답하여라."

자신의 안식처를 찾도록 하라

『도마복음』 60번째 말씀입니다.

(예수와 제자들이) 양 한 마리를 끌고 유대 땅으로 가고 있는 사마리아 사람을 보았다.

예수께서 제자들에게 물었다. "저 사람은 저 양을 어찌하겠는가?"

제자들이 대답했다. "아마 죽여서 잡아먹겠지요."

예수께서 제자들에게 말씀하셨다. "저 사람은 양이 살아 있는 동안에는 먹지 않을 것이다. 죽여서 고기 덩어리[시체]가 된 다음에 먹을 것이다."

제자들이 말했다. "그야 당연한 일이 아닙니까."

예수께서 제자들에게 말씀하셨다. "그래, 그렇다. 그러므로 너희도 시체가 되어 잡아먹히지 않도록 너희들 자신의 안식처를 찾도록 하라."

모든 것을 알아도
자기를 모르는 사람은

『도마복음』 67번째 말씀입니다.

예수께서 말씀하셨다.

“모든 것을 알아도 자기를 모르는 사람은 아무것도 모르는 사람이다.”

누구든지
내 입에서 마시는 사람은

『도마복음』 108번째 말씀입니다.

예수께서 말씀하셨다.

"누구든지 내 입에서 (나오는 것을) 마시는 사람은 나처럼 되고, 나는 그 사람이 될 것이다. 그리고 그는 숨겨져 있던 것을 보게 될 것이다."

2 장

웃으며 퇴장할 수 있다면

: 여기는 어디인가

셀프 이미지 벗기

지나온 세월의 경험이 축적되어서 '나'라고 하는 생각 곧 셀프 이미지가 만들어집니다. 그러나 셀프 이미지는 '나'라고 하는 '생각'이지 진정한 내가 아닙니다. 우리는 흔히 생각이나 감정을 자신과 동일시합니다. 그래서 생각이나 감정의 흐름에 휘말려 혼란과 고통을 겪지요. 어떤 생각이나 감정에 깊이 빠졌을 땐 그 생각과 감정이 삶의 전부가 되고 맙니다. 순간순간 일어났다 사라지는 (때로는 오래 지속되는 것처럼 느껴지기도 하는) 모든 생각과 감정은 의식이라는 토대 또는 배경 위에서 일시적으로 일어나는 물결입니다. 따라서 어떤 생각과 감정이 일어났다가 사라져도 의식 그 자체는 여여如如한 것입니다. 마치 스크린 위에 별의별 장면이 다 지나가도 스크린 자체는 물에 젖지도 불에 타지도 않고 여전히 그대로인 것처럼 말입니다.

지난 세월의 경험 곧 과거의 생각과 감정 경험은 기억 속에만 존재할 뿐 현존하는 것이 아닙니다. 언제나 사라지지 않고 현존하는 것은 모든 생각과 감정을 경험하는 주체인 의식뿐입니다. 하지만 사람들은 존재하지도 않는 과거의 생각과 감정 덩어리를 기초로 또 다른 생각과 감정의 파문을 일으키는 악순환을 경험합니다.

이런 악순환에서 벗어날 수는 없을까요? 방법은 오직 하나, 생각과 감정을 자신과 동일시하지 말고 그저 바라보는 관찰자가 되는 길밖에 없습니다. 어떤 생각이나 감정이 일어나도 흥분하거나 개입하지 말고 자기에게 지금 어떤 생각이 지나가고 있으며 어떤 감정이 춤을 추고 있는지를 주시하는 것이지요. 판단하지도 말고 달리 생각을 고쳐먹으려고 애써도 안 됩니다. 그렇게 하는 순간 다시 생각과 감정의 회오리에 휩싸이게 됩니다. 그저 무엇이 지나가고 있는지 무슨 경험을 하고 있는지만 끼어들지 말고 바라보면 됩니다.

과거에 경험한 셀프 이미지의 손상 또는 부정적인 감정 경험은 당사자 주위에 부정적인 에너지 장을 만들어서 마치 현존하는 것처럼 힘을 발휘합니다. 밖에서 들어오는 모든 인상은 이 에너지 장을 통과하면서 이 에너지 장의 특성으로 채색이 됩니다. 그래서 '있는 그대로'를 경험하기가 불가능합니다. 어떤 사람을 둘러싸고 있는 부정적인 에너지 장을 만든 재료인 과거의 감정적인 상처들은 대개는 잠복 상태로 남아 있습니다. 그러다가 무엇에든지 자극을 받으면 다시 살아납니다.

외부의 자극이 무엇인지는 상관이 없습니다. 잠복 상태에서 깨어날 준비가 되면 문득 떠오르는 생각이나 다른 사람의 아무 상관도 없는 말에도 활성화됩니다. 어떤 감정적인 상처들은 지속적으로 활성화되기 때문에 짜증이 나지만 그래도 큰 해가 되지 않는 경우도 있습니다. 하지만 어떤 경우는 육체적 · 감정적으로 심각한 손상을 입힐 수 있습니다. (상대방이 보기에는 아무 이유도 없이) 주위 사람들이나 가까운 사람들을 공격하고, 때로는 자기 자신을 공격할 수도 있습니다. 이럴 때 삶에 대해 갖는 생각과 느낌은 매우 부정적이고 자기 파괴적인 성향을 띠게 됩니다.

자기를 관찰하는 주시자가 되는 것이 중요합니다. 자기가 어떤 일에, 어떤 상황에 어떻게 반응하는지를 판단하거나 개입하지 말고 그저 바라보는 훈련이 필요합니다. 불안, 우울함, 분노, 원망, 좌절, 시비를 걸고 싶은 욕구 등 어떤 형태로든 과거의 상처가 잠복 상태에서 깨어나는 순간을 포착하여 자기 관찰과 주시의 끈을 놓지 말아야 합니다. 이 끈을 놓치면, 놓치는 순간 부정적인 에너지 장에 휩싸여 그것을 자기와 동일시하면서 같은 종류의 에너지를 끌어당깁니다. 고통받는 것을 원하지 않으면서도 계속 고통이 따르는 상황을 연출하는 이유가 바로 이것입니다.

주시함으로써 의식의 빛이 비치면 모든 것이 분명해질 것입니다. 이때 그대들의 생각과 감정이 환상이자 꿈임이 명징하게 드러날 것입니다. 그러면 사랑과 기쁨과 평화에 잠기게 될 것입니다. 사랑과 기쁨과 평화는 나타났다 사라지는 감정이 아닙니다. 미움이나 괴로움이나 혼란스러움이라는 상대성이 사라진 존재의 영원한 상태라고 할 수 있을 것입니다.

꿈이 깸인가, 깸이 꿈인가?
– 의식의 전복

우리는 매일 밤마다 잠을 자면서 잠에 대해서, 매일 밤 꿈을 꾸면서 꿈에 대해서 얼마나 알고 있을까요? 인간이 쏘아 올린 우주선이 태양계를 가로지르고 컴퓨터와 통신으로 온 세계를 하나의 신경망으로 연결시킨 이 첨단 과학 시대에도 잠과 꿈은 여전히 신비로 남아 있습니다.

잠을 잘 때 또 꿈을 꿀 때 육체와 의식에 어떤 변화가 일어나는지에 대한 객관적인 연구 데이터는 부족하지 않을 만큼 쌓여 있습니다. 그러나 정작 왜 잠을 자야 하는 것이며, 꿈은 또 인간의 삶에 어떤 자리를 차지하고 어떤 영향을 미치는지에 대해 명쾌하게 답변할 수 있는 사람은 많지 않은 것 같습니다.

고대인은 꿈을 매우 중요하게 여겼습니다. 그들에게는 꿈은 신의 소리와 같았으며 꿈을 통해 신의 뜻이 전달되는 것으로 여겼습니다. 그래서 동서를 막론하고 꿈을 풀이하는 해몽 전문가가 있었고 이들은 한 나라나 사회가 나아갈 방향에 대해 조언하는 방향 탐지기와 같은 역할을 했습니다.

오랜 세월 인류의 삶에 큰 비중을 차지하고 있던 꿈과 그에 대한 해석은 중국과 우리나라에서는 주자학 등 실학사상의 확산과 더불어, 그리고 서양에서는 합리주의를 숭상하는 계몽사상의 대두로 미신이나 아무 쓸모없는 개꿈 정도로 전락했습니다. 물론 합리주의와 실용주의로 대표되는 근대 문명의 영향권 밖에 있던 세계 각처의 원주민이나 아메리카 인디언 같은 원시 종족들은 아직도 여전히 꿈이 중요한 위치를 차지하는 세계에서 살고 있습니다.

빛이 있으려면 어둠이라는 백그라운드가 있어야 되고 언덕이 생기면 동시에 골짜기도 생기는 것처럼, 서구 사회가 합리주의와 실용주의로 치달을 때, 인류 의식의 평형을 맞추기 위해서 그들의 꿈은 오히려 더 깊어 갔을지도 모릅니다.

서구 사회에서 꿈이 또다시 주목된 것은 20세기에 들어와서입니다. S. 프로이트(1856-1939)는 꿈이 인간의 마음속에 숨겨진 측면이 표출되는 것으로 간주하고 과학적으로 연구하여 1900년에 『꿈의 해석』을 출판했습니다. 그 뒤를 이어 C. G. 융(1875-1961)이 해석 체계를 확장하여 6만 개의 꿈을 분석했습니다.

프로이트는 다분히 생물학적이고 과학적입니다. 반면에 융은 종교적 · 철학적 색채가 짙습니다. 이렇게 상이한 성격을 갖고 있지만, 근대 합리주의의 대두로 역사의 표면에서 사라졌던 꿈을 다시 살려 내 학문 영역에 입적시킨 공로자를 들라고 하면 이 둘을 빼놓지 못할 것입니다. 하지만 이들 때문에 좀 더 쉽게 접근할 수도 있는 꿈의 세계가 아무나 접근할 수 없는 전문 영역이 되어 버린 듯한 인상도 지우기 어렵습니다.

꿈에 관한 연구는 심리학에서만 이루어진 것이 아닙니다. 생리학적으로 꿈을 연구한 학자들도 있으며, 그들의 연구를 통하여 중요한 점이 발견되고 있습니다. 1957년 시카고 대학의 N. 클라이트먼Nathaniel Kleitman(1895-1999)과 E. 아세린스키Eugene Aserinsky(1921-1998)는 사람이 잠을 자는 동안에 마치 깨어 있을 때 움직이는 물체를 보고 있는 것처럼 안구가 빠르게 움직이는 렘(REM: Rapid Eye Movement) 현상을 발견하였습니다. 이때의 뇌파는 각성 때와 동일한 패턴을 보였습니다. 피실험자를 이때 각성시켰더니 80%는 꿈을 꿨다고 보고하였습니다. 그래서 이들은 렘이란 꿈을 꾸면서 영상을 보는 것과 관련된 현상이라고 결론을 내렸습니다.

보통 하룻밤 사이에 평균 5회의 렘 수면기가 있으므로 사람은 매일 밤 5회 정도의 꿈을 꾸는 셈입니다. 이런 연구 결과를 토대로 클라이트먼의 제자 W. 데멘트William C. Dement(1928-2020)는 1960년경에 다음과 같은 실험을 하였습니다. 즉 피험자가 렘 수면기가 되면 곧 그를 깨워 꿈을 꾸지 못하게 했습니다. 그러자 그 다음날에는 그의 정신 상태에 동요가 보이고, 이러한 '꿈의 중단' 작업을 5일간 계속하자 상당한 정신 장애가 나타났습니다.

그 후 자유로이 수면을 취하게 하자 반동 현상으로 렘의 횟수와 시간이 평균치 이상으로 증가했는데, 데멘트는 이것을 꿈의 중단에 따른 결손을 보충하려는 현상으로 이해했습니다. 데멘트는 렘이 없을 때 깨우면 이런 장애가 발생하지 않는다는 것도 알았습니다. 따라서 꿈은 꿈을 꾼 사람이 꿈의 내용을 기억하느냐 못하느냐에 관계없이 인간의 건강한 생존에 없어서는 안 되는 필수 요소라는 결론에 도달했습니다.

프로이트는 현실에서 억압된 욕망이 꿈을 통해 충족된다고 보았습니다. 곧 꿈을 통해서 욕망의 찌꺼기를 청소한다는 것입니다. 반면에 융은 꿈의 기능으로 보상작용을 가장 중요하게 보았습니다. 예컨대 평소에는 매우 내향적인 사람이 꿈속에서는 극히 외향적으로 행동하고 있는 자신의 모습을 보는 일이 있습니다. 이것은 깨어 있을 때의 의식이 내향성 한 면으로 치우친 것을 꿈이 보상하고 있는 것입니다. 융은 기능에 따라 꿈을 분류했습니다. 보상 외에도 미래에 발생할 것에 대한 예지몽이나 경고몽, 현실 생활에서 일어난 일이 재현되는 반복, 또는 무의식 세계의 강렬한 어떤 요소가 발현한 신화적 모티프를 지닌 꿈 등으로 분류했습니다.

꿈의 종류를 어떻게 분류하고 역할을 뭐라고 해석하든지 그건 해석자 마음입니다. 중요한 것은 사람들이 꿈을 연구하고 분류하고 해석하기 전에 인류는 이미 오래 전부터 지금까지 꿈꾸기를 계속하고 있고, 단락 단락마다 꿈을 통해 영감을 받곤 한다는 사실입니다.

물론 대부분의 꿈은 잡스럽고 혼란하다는 것을 모르는 사람은 없습니다. 하지만 간혹 꿈에서 받은 영감을 통해 문학과 예술의 걸작이 탄생하고 과학의 진보가 이루어진 것도 부정할 수 없습니다. 그래서 꿈에 '대해서' 논하기보다는 하나의 암시적인 영상을 제공한다는 입장에서, 꿈에서 창조적인 영감을 얻었다고 하는 사람들의 이야기를 간추려 보려고 합니다.

물리학자 뉴턴(1642-1727)은 풀리지 않는 수학적인 문제의 해답을 잠을 자면서 얻은 적이 여러 번 있고, 작가이자 철학자 볼테르(1694-1778)는 시 『앙리아드Henriade』에 나오는 은어와 위선적인 말투의 표현을 모두 꿈에서 얻었다고 합니다. 『프랑켄슈타인』을 쓴 작가 셸리(1797-1851)는 꿈에서 본 것을 소설화하였고, 『지킬 박사와 하이드 씨』를 집필한 스티븐슨(1850-1894) 역시 자신의 여러 소설의 줄거리를 꿈에서 얻었다고 합니다. 모차르트(1756-1791)는 작곡의 대부분이 꿈에서 온 것이라 고백한 바 있고, 괴테(1749-1832)는 꿈에서 과학적인 문제의 해결책을 여러 번 얻었다고 합니다. 그 외에도 멘델레예프(1834-1907)는 유명한 원소 주기율표 전체를 꿈에서 완성했습니다. 아인슈타인(1879-1955)은 자신이 씨름하고 있는 문제에 대한 유용한 정보를 꿈에서 얻으면 기록하려고 침대 머리 곁에 늘 펜과 노트를 두고 자는 습관이 있었다고 합니다. 이 자료는 벤저민 워커Benjamin Walker(1913-2013. 종교와 철학 분야 저술가)의 『Encyclopedia of Esoteric Man』에 나온 '꿈' 항목에서 뽑은 것입니다.

찾아보면 꿈에서 영감을 받아 평소에 해결하지 못해서 끙끙 앓던 문제의 해결책을 얻은 예가 어디 이뿐이겠습니까. 고대의 신화에도, 민속 신앙에서 구전되는 이야기에도, 성서를 비롯한 종교 경전에도 널리고 널린 게 이런 이야기 아닌가요?

다만 우리가 그동안 잠과 꿈을 너무 무시하고 살았던 것 같습니다. 모차르트에게 소설 줄거리나 화학 구조가 보인 것이 아니고, 입센에게 음악이 들리거나 깨진 돌조각 퍼즐이 보인 것이 아닙니다. 모두 자기가 현재 몰두하고 있는 문제에 대한 암시나 해결책을 얻었습니다. 이 정보는 어디서 오는 것일까요? 꿈에서 창조적인 영감을 얻은 사람들은 꿈속에서 무한대의 정보가 기록되어 있는 우주 의식에 접속하여 자기에게 필요한 정보를 얻은 것일까요? 꿈을 통해 그때까지는 인간의 의식상에 떠오른 적이 없는 어떤 초정보Hyper-Information를 얻은 것은 아닐까요?

만약 그렇다면 꿈dreaming state이야말로 깸waking state보다 더 확실하고 큰 깸이 아닌가요. 신비주의 문헌에서는 인간이 4겹 또는 7겹의 몸으로 구성된 존재라고 말합니다. 그리고 육체적인 몸 위에 있는 각 층의 몸에서 꿈의 자료를 제공한다고 합니다. 어떤 때는 어느 한 층의 자료가, 또 어떤 때는 여러 층의 자료가 뒤범벅이 되어서 꿈으로 나타난다고 말합니다. 인간의 몸이 몇 겹으로 되어 있느냐가 문제가 아닙니다. 몇 겹으로 되어 있든지 간에 이런 일이 모든 사람에게 매일 밤 일어나고 있는데 우리가 알아차리지 못하고 있는 것은 아닐까요? 하여튼 '정신 차리고' 꿈을 응시해 볼 필요가 있겠습니다.

하루의 1/3을 자고, 자는 시간의 상당한 부분이 꿈을 꾸는 시간인데 무시해도 너무 무시하고 산 건 아닌지 싶습니다.

파스칼은 "어떤 경우가 잠을 자는 것이고 어떤 경우가 깨어 있는 것인지를 말할 수 있는 사람은 없다. 단지 어떤 경우를 깨어 있다고, 또 어떤 경우를 잠자고 있는 것이라고 믿을 뿐"이라고 말합니다. 데카르트도 "나는 깨어 있음과 잠을 구별할 수 있는 어떤 증거도 가지고 있지 않다"라고 토로합니다.

이는 이미 2천 수백 년 전에 꿈에 나비가 되어 날아다니다가 깬 장자가 자기가 꿈에서 나비가 되었던 것인지, 나비가 지금 꿈을 꾸는 데 장자가 되어 있는 것인지 알 수 없다고 질문을 던진 것과 흐름을 같이 하고 있습니다. 정말 우리가 현실이라고 믿는 이 깨어 있는 상태가 사실은 누군가가 꾸는 꿈은 아닐까요? 그리고 우리는 또 우리를 꾸고 있는 그 누군가를 꿈꾸고……

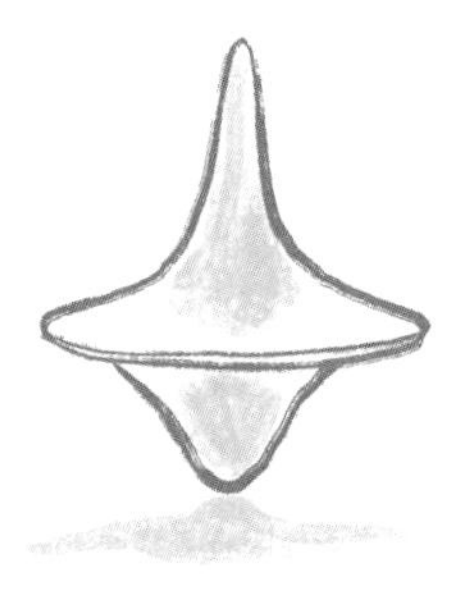

왜 환생하는 것일까?
- 자기 꼬리를 물고 빙빙 도는 뱀

전 세계는 약간 뒤뚱거리기는 하지만
멋지게 회전하면서 공간을 질주하는 하나의 환영입니다.
그대들은 이 교실에 들어와서
공부하기로 약속한 좋은 학생입니다.
그대들은 그대들이 이루어야 할 것을 다 성취할 때까지
환영을 믿고, 이곳 환영 안에 머물기로 약속했답니다.
그 다음에 그대들은 환영에서 풀려날 것입니다.

— 『행복한 지구 생활 안내서』(패트 로데가스트 외 편/정창영 역/2018년) 중에서

에마누엘Emmanuel이라는 진화한 영혼이 페트 로데가스트Pat Rodegast의 몸을 빌려 한 말입니다. 우리가 기억을 하지 못할 뿐, 이 세상에 들어온 것은 우리 스스로 선택한 것이고 들어온 목적은 배우기 위함이라는 것입니다. 그리고 배울 것을 다 배우면 이 환상이라는 교실에서 나가게 될 것이랍니다. 언뜻 "너희가 그 마지막 한 푼

까지 다 갚기 전에는 절대로 거기에서 나오지 못할 것"이라는 예수의 말이 오버랩됩니다.

지난 세기에 과학의 패러다임 변동과 발을 맞추면서 심리학자나 과학자들이 쓴 윤회와 환생에 관한 책이 쏟아져 나왔습니다. 거기에 자이나교나 힌두교나 불교처럼 전통적으로 윤회를 가르치는 서적까지 포함한다면 윤회와 환생에 대한 책만으로도 큰 서가를 다 채우고도 남을 것입니다. 그뿐만이 아닙니다. 이제는 인터넷을 통해 최면을 통한 전생 퇴행에 관한 정보, 채널링을 통해 받은 정보, 그리고 이와 관련된 분야의 연구 결과들이 무차별로 공개되고 있습니다.

도대체 사람들은 윤회와 환생에 왜 이토록 관심을 기울이는 것일까요? 과거에 대한 관심일까요? 현재 상황을 이해하기 위해 전생이라는 과거에 관심을 갖는 것일까요? 전생에 대한 관심 속에 미래에 대한 예측이나 기대는 없을까요?

이런 문제를 곰곰이 생각해 보면 윤회와 환생에 대한 관심이 결국 '나'라고 하는 아이덴티티를 유지하거나 확장하려는 욕망과 관련이 있음을 알게 됩니다. 그래서 '나'라고 생각하는 생각의 경계가 펑 터져서 자아의식이 사라지기 전에는 전생과 환생에 대한 믿음과 기대와 경험은 사라지지 않을 것 같습니다.

직선적인 시간, 깊이와 넓이로 이루어진 공간, 육체를 '나'라고 생각하는 개체적인 자아, 이 셋이 윤회와 환생을 구성하는 3대 요소입니다. 이 셋 가운데 어느 것 하나라도 없으면 윤회는 성립되지 않습니다. 윤회는 명백히 '나'라고 생각하는 개체적인 자아가 직선적인 시간을 따라 특정 공간에서 경험하는 현상입니다.

물론 이런 3차원 현상 배후에는 시간과 공간을 배열하고 그 안에서 움직일 개체적인 자아를 만들어 내고 그것이 움직이게 하는 에너지가 있어야 합니다. 그리고 이 에너지는 지성을 갖추고 있어야 하며, 본적本籍이 3차원은 아니지만 3차원을 충만하게 채우고 있어야 합니다. 그래야 3차원 현상계가 뒤죽박죽되지 않고 수학의 마방진魔方陣(magic square: 정사각형 안에 각각 가로, 세로, 대각선으로 배열된 자연수의 합이 모두 같게 만든 것. 편집 주)처럼 질서 있게 움직일 테니 말입니다.

예로부터 깨달음을 얻은 스승들은 개체적인 자아를 신적인 자아에 흡수시킬 것을 가르쳤습니다. 신적인 자아의 이름이야 언어와 문화의 차이에 따라 도道라고 할 수도 있고, 아버지 하느님이라고 할 수도 있고, 브라만이라고 할 수도 있을 것입니다. 만약 그들의 가르침에 따라 개체적인 자아를 신적인 자아에 흡수시킨다면 윤회는 사라집니다.

수레바퀴 테두리는 끊임없이 구르지만, 굴대의 중심 허공은 미동도 하지 않는 것처럼 말입니다. 생기는 것도 없고 사라지는 것도 없고, 늘어나는 것도 없고 줄어드는 것도 없고, 더러운 것도 없고 깨끗한 것도 없고… 행위도 없고 행위의 결과도 없고, 행위의 결과로 말미암는 환생도 없고… 먹지도 않고 마시지도 않고, 시집가고 장

가가는 일도 없고… 깸에 들어간 스승들은 늘 이런 자리를 가르쳤습니다.

한 강연에서 트랜스퍼스널 사이코세러피Transpersonal Psychotherapy의 개척자 중 한 명인 스타니슬라프 그로프Stanislav Grof(1931년생, 체코 태생 미국의 정신과 의사) 박사는 전생이 존재한다고 보느냐는 질문에 이렇게 대답했습니다. "소위 '전생'이라고 해석할 수 있는 현상이 존재한다는 것은 분명하다. 그러나 그 현상을 어떻게 해석하느냐는 별개의 문제다."

전생이라고 해석할 수 있는 현상을 직선적인 시간과 공간 차원에서 보면 영혼이 윤회한다고 '해석'할 수 있습니다. 하지만 양자역학에서 말하는 원인과 결과의 비연속성(심지어는 원인과 결과가 뒤바뀌기도 한다)이나 또는 과거와 현재와 미래의 모든 정보가 '지금-여기'에 현존한다는 우주의 홀로그램적 모델 입장에서 보면 윤회는 존재하지 않는다고 '해석'할 수 있지 않을까요?

붓다를 따라 저 언덕 너머로 훌쩍 넘어갈 마음이 없는 사람, 소를 타고 노자를 따라 세상 경계 밖으로 슬그머니 빠져나갈 마음이 없는 사람, 예수를 따라 이 땅을 떠나 미련 없이 하늘로 치솟을 마음이 없는 사람, 또는 그러고는 싶지만 용기가 없는 사람들에게는 윤회와 환생이 큰 위로가 될지 모릅니다.

환생의 우주적인 목적이 무엇이든, 어쨌거나 자기가 사라지지 않는다니 다행스럽지 않나요. 미국의 정치가이자 피뢰침을 발명한 과학자였던 벤저민 프랭클린Benjamin Franklin(1706-1790)의 고백이 그런 심정을 잘 대변합니다. "이 세상의 어느 것도 완전히 멸해 버리는 것은 없다. 그것을 관찰할 때, 이를테면 한 방울의 물조차도 결코 없어지지 않는다는 것을 관찰할 때, 나는 우리 인간의 마음이 죽음과 더불어 소멸해 버린다고는 상상할 수 없다. 전지전능하고 자비로운 만물의 창조주께서 지금 존재하고 있는 무수한 영혼들이 매일매일 없어져 버림으로 인해 새로운 영혼을 계속해서 만들어 내야 하는 고역을 치르리라고는 상상할 수 없다. 따라서 나 자신이 이 세상에 존재하고 있는 것을 생각할 때, 나는 이런 모습으로 또는 저런 모습으로 이 세상에 늘 있을 것이라는 것을 믿어 의심치 않는다."

그러나 '이런 모습으로 또는 저런 모습으로 이 세상에 늘 있는 것'은 정확히 말하자면 '있는 것'이 아니라 '떠도는 것'입니다. '있음Being'의 차원에 들어가면 굴대의 중심 허공처럼 오고 감이 없을 것입니다.

물론 더 배워야 할 것이 있기에 이런 모습으로 또는 저런 모습으로 모습을 바꾸면서 여행을 하는 것일 겁니다. 충분히 보고 충분히 겪어서 이제는 더 볼 것도 없고 더 경험할 것도 없다면 여행을 끝내고 집으로 돌아가지 않겠습니까. 그런데 영혼은 어떻게 이런저런 모습으로 모습을 바꾸면서 여행을 할 수 있는 것일까요?

사실 윤회의 메커니즘에 대해서는 설득력 있는 설명이 많습니다. 생물학자인 라이얼 왓슨Lyall Watson은 『영혼의 블랙홀The Romeo

Error』에서 이렇게 말합니다. "뇌의 거의 대부분이 손상을 입어도 기억은 손실 없이 그대로 있을 수 있다. … 기억들이 뇌의 어떤 특정한 부위 또는 몸의 다른 어떤 곳에 저장된다는 것을 보여 주는 그 어떠한 증거도 없다. … 그러므로 현재로서는 개체의 기억이라는 형태로 존재하는 인격은 의학적으로 죽은 시점 이후에도 생존할 수 있는 가능성이 있다는 주장을 생물학적 근거 위에서 반대할 타당성이 없다."

인도의 요가 체계나 신지학(神智學, theosophy)에서는 사람이 다섯 또는 일곱 겹의 몸으로 이루어져 있다고 말합니다. 기독교에서는 영, 혼, 육으로 되어 있다고 합니다. 육체는 가장 거친 몸이고 그 위에 몇 겹의 미묘한 정신체와 마지막으로 정묘한 영체가 있다는 식입니다.

라이얼 왓슨은 윤회의 주체인 개체의 기억이 육체에 속하는 두뇌가 아니라 정신체의 어느 층에 저장되어 있다고 보는 듯싶습니다. 그래서 두뇌가 손상되고 기능이 정지해도 기억은 사라지지 않는다고 '과학적'으로 가정하는 것일 겁니다.

네트워크 컴퓨터를 생각해 보십시오. 운영 체제Operating System와 모든 소프트웨어를 탑재하고 있는 거대한 중앙 컴퓨터The Server가 있습니다. 또 거기에는 무한대 용량의 정보를 기록할 수 있는 기억 장치도 설치되어 있다고 합시다. 그러면 개인 사용자a client는 단말기 수준의 아주 간단한 컴퓨터만 있으면 됩니다. 메모리도 필요 없고 데이터를 저장할 하드 디스크도 필요 없습니다.

자기 컴퓨터를 중앙 컴퓨터에 연결하여 거기에 있는 모든 소프트웨어와 데이터를 자기 능력껏 사용하기만 하면 됩니다. 개인 사용자가 중앙 컴퓨터에 연결해서 작업한 내용은 중앙 컴퓨터의 로그 파일에 하나도 빠짐없이 기록됩니다. 작업 결과인 데이터도 자기에게 할당된 중앙 컴퓨터의 저장 공간에 완벽하게 기록되어 저장됩니다.

이렇게 되면 개인이 사용하는 깡통 같은 컴퓨터는 부서져도 아무 상관이 없습니다. 이전의 작업 내용과 작업 결과는 중앙 컴퓨터의 저장 공간에 완벽하게 간직되어 있기 때문입니다. 그러니 다른 단말기를 중앙 컴퓨터에 연결만 하면 이전에 하던 작업을 그대로 이어서 할 수 있게 됩니다.

이것이 두뇌와 기억과 개체 의식의 환생을 설명하는 비유가 될 수는 없을까요? 중앙 컴퓨터에 새 단말기가 연결되는 것을 환생이라고 볼 수 없을까요? 유전적인 정보라는 것이 결국 지난번 단말기로 작업해 놓은 내용은 아닐까요?

또 중앙 컴퓨터에 저장된 정보를 아카식 레코드Akashic Records나 생명책(生命册, Book of life: 기독교, 유대교 등에 쓰이는 개념으로 의인들의 이름이 하늘에 기록되어 있다고 함. 편집 주)이라고 할 수도 있고, 그 컴퓨터의 로그 파일에 엑세스할 수 있다면 과거에 단말기에서 작업한 내용인 전생도 볼 수 있을 것입니다.

또 이렇게 볼 수도 있을 것입니다. 우리가 현실이라고 생각하는 것들은 이미 완결된 정보가 입력되어 있는 중앙 컴퓨터의 서로 다른 폴더 또는 같은 폴더 안에 있는 서로 다른 VRML(Virtual Reality Modeling Language, 웹상에 3차원 공간을 구현하는 프로그래밍 언어. 편집 주) 파일을 보고 있는 것이라고 말입니다. 아니면 같은 VRML 파일을 서로 다른 각도에서 보고 있는 것이라고. 지금은 자기 디스크, 광디스크이지만 앞으로 홀로그램을 이용한 저장 장치가 보편화되면, 그래서 아주 작은 공간에 거의 무한대의 3차원(3D) 정보가 기록될 수 있다는 것이 상식이 되면 이런 비유가 더 실감나게 이해될 수 있을 것입니다.

사람들은 자기 단말기에 비치는 영상과 소리와 데이터를 현실이라고 믿습니다. 그런데 이것이 현실이 아닐지도 모른다는 의문을 갖게 된 사람이 있었습니다. 그는 천신만고 끝에 선배 해커와 동료의 도움으로 네트워크 컴퓨터 시스템의 비밀을 간파합니다. 그는 각 개인의 모니터에 비치는 모든 영상은 현실이 아니라, 사실은 중앙 컴퓨터에서 보내는 일종의 전자기 신호 곧 가상 현실에 지나지 않는다는 것을 깨닫습니다. 그래서 그는 중앙 컴퓨터의 통제에서 벗어나기 위해 모험을 감행합니다. 이것이 영화 「매트릭스」의 줄거리입니다.

영화 마지막 장면에서 주인공 네오는 슈퍼맨처럼 두 팔을 벌리고 예수가 승천하듯이 하늘로 날아 올라갑니다. 사람들이 현실이라고 여기는 이 가상 현실에서 벗어나는 데 성공한 것입니다. 그런데 네오는 이 가상 현실에서 벗어난 다음 어디에 도착한 것일까요?

이 가상 현실은 시간과 공간으로 구성되어 있고, 이 가상 현실에서 벗어났다 함은 시간과 공간의 통제에서 벗어났다는 뜻입니다. 따라서 여기를 벗어난 네오가 도착한 거기가 '어디'냐고 공간적인 질문을 던지는 것은 좀 우스워집니다. 두 청년이 예수를 찾아가서 물었습니다. "선생님, 오늘 어디서 묵으십니까?" 예수가 대답합니다. "와 보라." 두 청년은 그날 예수가 묵고 '있는' 곳에 찾아가서 제자로 입문합니다.

인간의 궁금증은 집요해서 '와 보라'고 하면 가 볼 생각은 하지 않고 거기가 어디냐고 자꾸 반복해서 묻습니다. 1999년에 개봉한 영화 「13층」은 인간의 이런 집요한 질문이 반영된 영화라고 할 수 있습니다.

로스앤젤레스 최고급 아파트 13층에 대형 컴퓨터가 설치되어 있습니다. 그 컴퓨터 시스템에서는 가상 현실 프로그램이 돌아가고 있고요. 1937년 로스앤젤레스로 세팅되어 있는 그 가상 현실 속에서는 1937년 로스앤젤레스 상황이 실제처럼 전개되고 있습니다. 프로그래머 해넌 풀러는 자신이 만든 이 가상 현실 프로그램에 접속하여 1937년 로스앤젤레스의 한 호텔에서 먹고 마시고 섹스를 즐기기까지 합니다. 그만큼 실제와 똑같은 상황이 컴퓨터 안에서 일어나고 있습니다.

해넌 풀러는 어느 날 「매트릭스」의 모피어스나 네오처럼 자신의 현재 상황 역시 자신이 만든 가상 현실처럼 하나의 가상 현실이라는 것을 깨닫습니다. 영화는 이 상황에서 시작하여, 주인공 더글러스 홀이 현재라는 가상 현실에서 빠져나가 이 가상 현실을 만든 프로그래머 세계에 접속하는 것으로 끝납니다. 거기는 2024년의 로스앤젤레스였습니다.

이를테면 3층 매트릭스 얘기인 셈인데, 영화 중간에 2024년 로스앤젤레스에서 현재라는 가상 현실에 접속한 제인은 이런 매트릭스가 위로 천 개쯤 더 있을 것이라고 말합니다. 현재의 L.A.도 매트릭스이지만 자기가 있는 2024년의 L.A.도 매트릭스이며 자기들 세계 위로 얼마나 더 많은 매트릭스가 있는지 모르겠다는 뜻입니다.

우리는 혹 시작도 없고 끝도 없는 무한수의 매트릭스가 겹겹이 쌓인 그 어디쯤에선가 영화 속 여자 가수의 노래처럼 '그렇게 왔다가 그렇게 가는easy come, easy go' 삶을 반복하는 것은 아닐까요?

「13층」은 대니얼 갈루에Daniel Galouye의 1964년 소설 『위조세계Simulacron-3』를 토대로 만든 영화라고 합니다. 1964년이면 컴퓨터에 원거리 통신이 막 접목되던 시절인데, 컴퓨터가 걸음마를 시작하던 그런 시절에 3층 복합 매트릭스 시뮬레이션을 상상할 수 있었다는 것이 놀랍습니다. 그러나 더 놀라운 것은 컴퓨터는커녕 간단한 전자계산기조차 없었을 2천 수백 년 전에 이와 똑같은 생각을 한 사람이 있었다는 점입니다.

『장자』의 유명한 나비 꿈 이야기 바로 앞에 이런 이야기가 나옵니다.

그림자 경계 부근의 흐릿한 그림자가 안쪽의 짙은 그림자에게 묻는다. "당신은 얼마 전에는 움직이더니 지금은 움직이지 않고, 아까는 앉아 있더니 지금은 서 있구려. 대체 무슨 까닭으로 이렇게 지조없이 오락가락하는 겁니까?"

가운데 짙은 그림자가 퉁명스럽게 대답한다. "나인들 그러고 싶어서 그러겠소. 내가 의지하고 있는 저 몸뚱이가 그렇게 하니 따라서 그렇게 할 수밖에 달리 도리가 있겠소. 그런데 내가 의지하고 있는 저 몸뚱인들 그렇게 하고 싶어서 그렇게 하겠소? 자기도 의지하고 있는 것에 따라 그렇게 하는 것이겠지요."

이 이야기는 세상에서 가장 긴 이야기가 될 듯싶습니다. 같은 질문과 같은 답이 뱀이 자기 꼬리를 물고 돌듯 끝없이 반복될 테니까요. 뱀이 자기 꼬리를 물고 둥근 원을 그리고 있는 우로보로스Uroboros라는 이미지가 있는데, 이 이미지는 동서양을 막론하고 거의 모

든 문명권에서 발견됩니다.

창조와 파괴가 반복되는 영원한 우주의 순환, 태어남과 죽음을 반복하는 생명의 영원성, 둘이 없는 '하나The One', 시작도 없고 끝도 없는 '전체The All'의 상징으로 쓰인 듯싶습니다. 끝없이 전개되는 이런 현상은 하나요 전체인 토대 위에 나타났다가 사라지는 그림자 같은 것, 이를테면 스크린에 비치는 영상 같은 것임을 말하려고 했던 것은 아닐까 싶습니다.

영지파 그리스도인들이 남겨 놓은 문서 가운데 『도마복음』이라는 예수의 어록집에서 예수는 미래를 궁금해하는 제자들에게 이렇게 말합니다. "너희의 시작이 어떠한지는 알고 나서 끝을 묻는 것이냐? 시작이 있는 곳에 끝도 있느니라. … 처음 자리에 서 있는 사람은 행복하다. 그는 끝을 알기 때문에 죽음을 맛보지 않을 것이다." 죽음을 맛보지 않는다? 그렇다면 윤회의 수레바퀴가 멎는다는 말인데요. 예수는 궁금한 것이 많은 제자들에게 또 이렇게 말합니다. "네 눈앞에 있는 것을 이해하도록 하라. 그러면 너에게 감춰져 있던 것들이 밝히 드러나리라."

'생물의 개체 발생은 계통 발생을 되풀이한다'는 헤켈의 말이 맞는다면, 또 우주가 한 점에서 폭발하여 확산하고 있는 것이라면 지금 나의 세포 하나하나에 그 원점原點의 정보가 홀로그램처럼 고스란히 간직되어 있을 것입니다. 예수가 말한 '네 눈앞에 있는 것'이 그걸 말한 것일까요?

매트릭스
vs 리얼

영화「매트릭스」에서 주인공 네오는 이 세계가 무언가 잘못 돌아가고 있다고 '어렴풋하지만 확고하게' 눈치채고 있습니다. 네오는 전설적인 해커 모피어스를 찾아내기 위해 해킹을 계속합니다. 그가 이 세상이 어떤 세상인지에 대해 '해답'을 줄 것이라고 믿고 있기 때문입니다. 모피어스와 만나게 된 네오는 매트릭스Matrix가 무엇인지 묻습니다. "자네가 여기에 온 것은 뭔가를 알고 있기 때문이지. 알고 있다기보다는 느끼는 거지. 왠지 세상이 가짜 같고, 거짓 같아서. 그것 때문에 괴로운 거지. 네오, 너무나 현실 같은 꿈을 꿔 본 적이 있나? 만약 그 꿈에서 깨어나지 못한다면? 그럴 경우 꿈속의 세계와 현실의 세계를 어떻게 구분하겠나?"

그 이름의 뜻이 '꿈'인 모피어스의 안내에 따라 네오는 네트워크 컴퓨터 시스템의 비밀을 간파하게 됩니다. 각 개인의 모니터에 비치는 모든 영상은 현실이 아니라, 사실은 중앙 컴퓨터에서 보내는 일종의 전자기 신호였던 것입니다. 자신이 현실이라고 여기던 세계가 숫자로 프로그램된 거대한 매트릭스(가상 현실)이었음을 알아차리고, 이 참혹한 현실의 모습에 토악질을 해 대는 네오에게 모피어스는 잔인하리만치 담담한 목소리로 말합니다. "Welcome to the real world, Neo."

비슷한 테마가 「공각 기동대」로 유명한 오시이 마모루 감독의 「아바론」에도 나옵니다. 머리에 헬멧을 쓰고 가상 현실 게임에 들어가 그 세계를 리얼하게 경험하던 여자 주인공 애슈가 게임의 최고 단계를 돌파하자, 'Welcome to Class Real'이라는 환영 포스터가 나타납니다.

클래스 리얼 단계에 이르자 흑백으로 진행되던 영화가 컬러로 바뀝니다. 마모루 감독은 우리가 리얼이라고 여기는 이 세상이 게임 속의 한 스테이지일 수도 있다는 것을 말하고 싶었던 것일 겁니다. 영화는 '클래스 리얼'이 가상 현실임을 잊지 않은 주인공이 이 스테이지에서의 사명을 완수하고 프로그래머의 세계일지도 모르는 미지의 성 '아바론(아서왕이 꿈 같은 이 세계의 여행을 끝내고 돌아간 전설의 섬)'에 입성하는 것으로 막을 내립니다.

「매트릭스」에서 '매트릭스 vs 리얼 월드'의 구도가 「아바론」에서는 '아바론 vs 클래스 리얼'로 이름이 바뀐 것만 빼면 같은 테마라는 것을 쉽게 알 수 있습니다.

미야자키 하야오 감독의 「센과 치히로의 행방불명」에서 열 살짜리 소녀 치히로는 온천장에서 일하기 위해 자신의 진짜 이름인 '치히로'를 온천장 주인인 유바바에게 빼앗기고 '센'이라는 이름으로 그곳 생활을 시작하게 됩니다. 그곳은 귀신 세계의 온천 마을. 센과 하쿠를 포함해서 거기에 있는 모든 귀신들은 다 자기들이 원해서 그곳에 있는 존재들입니다.

영화에서 보여 주듯이 다 계약서 쓰고 원해서 들어간 거지, 강제란 없습니다. 계약서란 일종의 게임의 조건입니다. 그래서 게임의 조건인 계약서가 효력을 잃으면 게임도 끝납니다. 영화에서도 자기 본래 이름을 찾으면 계약이 무효가 되고 게임의 한 스테이지인 귀신 세계의 삶이 끝나는 것으로 되어 있습니다.

우리가 경험하는 공포나 두려움, 이 모든 것들이 과연 어디에서 비롯된 것일까요? 우리가 지금 현실이라고 여기는 이 세계의 모든 것이 모피어스가 말하는 것처럼 바로 우리의 '마음'이 만들어 내는 환상은 아닐까요?

거울을 예로 들어 볼까요. 우리는 거울 속에 비치는 사물을 입체적으로 봅니다. 원근감도 있고 부피감도 있습니다. 그런데 정작 거울은 평면입니다. 그러면 거울이라는 평면 속에 깊이, 원근, 부피 같은 입체감이 어떻게 나타나는 것일까요? 답은 간단합니다. 거울 속에 실제 입체가 있는 것이 아니라 그것을 인식하는 우리의 뇌가 그렇게 인식하는 것입니다.

빛이 있을 때 밝음을 경험하는 것도 마찬가지입니다. 태양 빛이든 전등 빛이든 빛이 있으면 밝게 느끼지만 실제로 빛은 파장에 따라 계속 깜빡깜빡하면서, 환했다 깜깜했다를 반복하고 있습니다. 반복되는 속도가 우리의 뇌가 인식할 수 없을 정도로 빠르기 때문에 늘 환한 것으로 착각하는 것일 뿐입니다.

생각은 어떨까요? 우리는 어떤 생각을 할 때 그 생각의 흐름이 지속된다고 여기지만, 실제로는 찰나찰나 생각이 단절됩니다. 생각과 생각 사이의 찰나가 말 그대로 찰나이기 때문에, 그 간격을 인식하지 못하고 어떤 생각이 지속되는 것처럼 느끼는 것입니다. 영화 필름이 매 컷마다 조금씩 다른 장면으로 이루어져 있지만 빠르게 돌아가기 때문에, 컷과 컷 사이를 인식하지 못하고 마치 동작이 연속되는 것으로 보이는 것처럼 말입니다.

생각해 보십시오. 생각과 생각 사이의 단절이 없다면 어떻게 한 가지 생각을 하다가 다른 생각을 할 수가 있겠습니까. 요가 전통에서는 한 가지 생각을 7초만 유지해도 삼매 상태라고 하는데, 실험을 해 보면 한 가지 생각을 몇 초라도 유지하는 것이 얼마나 어려운지는 쉽게 알 수 있습니다.

이렇게 우리가 사실이라고 경험하는 모든 것들을 하나하나 확인해 보면 객관적인 사실이 아니라 우리 뇌의 인식이라는 점이 분명해집니다. 곧, 우리 뇌 속에 그렇게 인식하도록 만드는 프로그램이 인스톨되어 있다는 뜻입니다. 그래서 최면 같은 테크닉을 사용해서 그 프로그램 코드를 조금 바꿔 놓으면 똑같은 것을 전혀 다르게 인식하고 반응합니다. 최면 상태에서는 얼음에 화상을 입기도 하고 양파

냄새도 못 맡는 사람이 양파를 사과처럼 우적우적 씹어 먹으면서 맛있다고 하는 일이 벌어지는 것이 다 이 때문입니다.

우리는 태어날 때 모종의 프로그램이 빌트인built-in된 상태로 태어났다는 현실을 인정하고, 이 프로그램이 어떻게 작동하는지를 알고, 우선 이 프로그램을 충돌 없이 사용하는 법을 익혀야 되는 것이 아닐까요? 그리고 프로그램을 자유자재로 다룰 수 있을 만해져서 여유가 좀 생긴다면 그때는 이 프로그램에서 벗어나는 방법을 배우는 것도 괜찮을 듯싶습니다.

이 프로그램을 누가 만들어서 깔아 놨느냐를 따지는 것은 지금 우리가 할 일은 아닌 듯싶습니다. 붓다도 말했지 않습니까. 집에 불이 났으면 빨리 튀어나와 목숨을 건지고 볼 일이지, 불이 왜 났는지 또는 누가 불을 냈는지 따지는 것이 무슨 소용이 있냐고 말입니다.

「센과 치히로의 행방불명」에서 제니바가 하쿠를 통제하기 위해서 하쿠의 몸에 심어 놓은 벌레는 「매트릭스」에서 요원들이 네오의 몸속에 심어 놓았던 기계 벌레와 유사합니다. 티벳탄 펄싱 요가에서는 이것을 빕B.E.P, 곧 생체 전기 기생충Bio Electric Parasite이라고 하는데, 우리 몸의 대뇌에 기생하면서 우리 몸에서 발생하는 부정적인 에너지를 먹고 산다고 합니다.

실제로 이런 벌레가 있든 없든, 우리가 경험하는 현실이 프로그램 속의 가상 현실임을 알아차리지 못하도록 통제하기 위한, 프로그래머의 세계에 접속하지 못하도록 막는 일종의 방화벽 프로그램이 우리 두뇌에 설치되어 있을지도 모릅니다.

현실인 줄 알아야 게임에 치열하게 몰두할 수 있으니 말입니다. 그것이 사실이라면 우리는 그저 프로그래머에게 당하고만 있는 것인가요, 아니면 프로그래머가 자기가 만든 프로그램의 캐릭터에게 의식을 전이하여 게임을 즐기고 있는 것인가요. 마치 「13층」의 해넌 풀러처럼 말입니다.

인디언의 현자 돈 주앙Don Juan이 그의 서양인 제자 카스타네다와 산에 올라가, 광활하게 펼쳐진 산하를 바라보며 이렇게 말합니다. "이 경치를 너에게 주겠다. 네가 죽을 때 추억으로 가져가거라."

우리의 게임도 이와 마찬가지 아닐까요. 로그 오프Log off되면 추억이라는 데이터만 남을 뿐, 가져갈 것이 있겠습니까? 그러니 즐거운 꿈을 꾸시고 아름다운 추억을 가져가시길…

백 투 더 퓨처
–우리 몸이 타임머신

세포에는 세포핵이 있고, 세포핵 속에는 23쌍(46개)의 염색체가 있고, 각 염색체 속에는 염기 A, C, G, T가 30억 번 반복 배열된 DNA가 들어 있습니다. 새끼처럼 꼬인 2중 나선 구조를 하고 있는 DNA 하나를 직선으로 펴면, 길이가 대충 4~5cm 정도 됩니다. 인간을 기준으로 한 계산입니다. 따라서 세포핵 하나에 들어 있는 DNA의 총 길이는 염색체 46개×4.5cm=207cm, 대략 2m쯤 됩니다.

- 인간의 세포 수 = 100조개(100,0000,0000,0000)
- 100조×2m = 200조m = 2천억km(2000,0000,0000)
- 태양에서 명왕성까지의 평균 거리 = 60억km
- 2천억km÷60억km = 33.3

따라서 사람의 몸속에 있는 DNA를 직선으로 펴서 이으면 태양과 명왕성 사이를 16회 이상 왕복하는 길이가 됩니다.

인간의 몸을 구성하고 있는 모든 세포가 하나의 유기적 통일체로 서로 공명하고 있다는 것을 전제로 계산해 보면 하나의 신경 신호가(DNA의 길이만 계산해도) 순식간에 2천억km를 주행하는 셈입니다.

아인슈타인이 증명한 것처럼 시간과 공간의 상대성 때문에 빛의 속도로 움직이면 시간이 정지된다고 합니다. 따라서 빛보다 빠른 속도로 움직이면 이론적으로는 (움직이는 방향에 따라서) 과거로 갈 수도 있고 미래로 갈 수도 있습니다.

말 그대로 '백 투 더 퓨처Back to the Future'가 가능한 것입니다. 빛의 속도는 '30만km/sec'입니다. 우리 몸 안에서 일어나고 있는 정보 전달 속도는 '2천억km/순식간'입니다. 그러니 우리 몸 안에서, 또 우리 두뇌 안에서 매순간 엄청난 속도로 백 투 더 퓨처가 일어나고 있다고 할 수 있겠습니다. 우리 몸이 곧 타임머신인 셈입니다.(하나의 신경 신호가 순식간에 2천억km를 주행한다는 계산은 실험으로 입증된 것이 아니라, 인체가 하나의 유기체One organism이기 때문에 모든 세포가 서로 모니터링하고 있으리라는 전제에 따른 직관적인 계산이다.)

우리가 처음이 아니다

"나는 종교에 대한 처절한 욕구를 갖고 있다. 그런 욕구가 몰아치는 밤이면 나는 별을 그리러 밖으로 나간다."

— 고흐

만약 우리가 지구를 떠나서 다른 행성이나 우주로 가게 된다고 생각해 봅시다. 그러나 지구는 여전히 남아 있고, 우리가 떠난 후에 어떤 지적인 생명체가 출현해서 과거에 우리가 그랬던 것처럼 진화의 여정을 밟을 수도 있다면, 그리고 우리에게 선배가 자기가 배운 것을 후배에게 전해 주고 싶은 것과 비슷한 마음이 있다면, 어떤 형태로 그것을 전해 줄 수 있을까요?

말로는 물론 안 될 것이고, 글로도 불가능하겠지요. 영어로 써 놓던 한글로 써 놓던 몇 십만 년, 아니면 몇 만 년 후에 출현할 지성체가 그것을 해독할 수 있을 가능성은 제로입니다. 방법은 한 가지뿐입니다. 후에 출현할 지성체가 비교하면서 이해할 수 있는 것을 대상으로 수학과 기하학을 이용한 유물을 남기는 것입니다.

몇 십만 년 또는 몇 만 년 후에도 변하지 않는(변하더라도 규칙성을 갖고 있는) 것을 수학과 기하학을 통해서 표현해 놓은 것이 미래의 지성체가 그것을 해독할 수 있는 가능성이 가장 큽니다. 현재 지구상의 수많은 인종 사이에 말은 안 통해도 수학 공식이나 기하학적인 도형은 번역을 필요로 하지 않는 이유에서 그렇습니다.

수학과 기하학은 발전해 왔습니다. 그 발전은 원리가 변한 것이 아니라 몰랐던 원리를 발견해 내는 과정이었습니다. 수학과 기하학의 원리는 우주의 공통 언어라고 할 수 있습니다. 가령 외계인이 우리에게 무엇을 전해 주고자 한다면 수학과 기하학 또는 그것과 같은 맥락에 있는 음(또는 음악)을 이용할 가능성이 제일 높습니다. 물론 계시나 채널링처럼 직접 전달하는 방법도 있습니다. 하지만 지금은 '보편성'을 지닌 전달 방법에 대해 말하는 것입니다.

몇 십만 년 또는 몇 만 년 후에도 변하지 않는(변하더라도 규칙성을 갖고 있는) 보편적인 대상은 천체와 그 운행밖에는 없을 것입니다. 스톤헨지, 이집트의 피라미드와 스핑크스, 그리고 마야 문명의 유적들이 모두 (우리에게는 아직 미지의 존재인) 과거에 지구를 거쳐 간 지성체들이 천문 현상을 수학과 기하학 언어로 표현해 놓은 것입니다.

그 중에서도 마야의 달력과 피라미드는 가히 압권이라고 할 수 있습니다. 스톤헨지의 돌 배치가 천문 현상을 표현하고 있다는 것, 이집트의 스핑크스와 피라미드 역시, 천문 현상과 관련해서 건축되

었다는 것은 이미 충분히 밝혀졌습니다. 그런데 거기에는 없는 것이 마야의 유적에는 있습니다. 천문 현상을 수학적인 언어로 기록해 놓은 달력이 바로 그것입니다.

우리가 지금 사용하고 있는 그레고리력은 태양의 주기만 갖고 만든 것입니다. 하지만 마야 달력은 지금까지 밝혀진 것만으로도 태양의 주기, 일식 월식 주기, 금성 주기, 심지어 은하계 안에서의 태양계 자체의 주기까지 혼합해서 만들어져 있습니다(그것도 지금 우리 달력보다 훨씬 더 정확하게). 그러니 지구에서 '우리가 처음이 아니지요'.

절대 언어
– 수와 기하학과 음악

이미 알고 있는 또는 조금만 생각해 보면 쉽게 알 수 있는 것이지만, 흔히 잊고 있는 많은 사실들이 있습니다. 언어 또는 말이 의사소통에 얼마나 부적절한 도구인가 하는 점입니다. 우리는 말과 말의 또 다른 표현인 글을 의사소통의 제1도구로 삼고 있습니다. 그러나 그것이 얼마나 효율성이 있는지를 점검하거나 의심하는 일은 거의 없습니다. 산, 바다, 나무, 바위, 자동차, 지하철, 강아지 등 오감으로 인지할 수 있는 사물을 지칭하는 언어는 비교적 오해의 여지가 적습니다. 그러나 이런 단어만 갖고는 의사소통을 할 수가 없죠. 표현을 하든 안 하든 웅장한 산이라든지, 시원한 바다라든지, 귀여운 강아지라든지 하는 식으로 본인의 느낌이 따라붙기 마련인데, 이때부터 문제가 생깁니다.

사람마다 어떤 사물에 대한 경험이 다르기 때문에 그 단어를 듣거나 볼 때 서로 다른 연상을 하게 되기 때문입니다. 그래도 시각으로 인지할 수 있는 구체적인 사물과 관련된 의사소통은 양반이라고 할 수 있습니다. 소리나 냄새나 맛이나 촉감과 관련해서 말로 의사 소통을 하는 데에는 더 많은 장애가 있습니다. 극복할 수 없는 장애가 있는 것이 분명하지만, 그래도 오감으로 인지할 수 있는 사물과 관련된 대화는 어떻게 그럭저럭 꿰맞출 수 있습니다. 하지만 오감으로 인지할 수 없는 것을 언어로 커뮤니케이션을 시도한다는 것은 불가능한 도전이 아닐까 싶습니다.

인간은 저마다 경험이 다르고 존재의 수준이 다르기 때문에 어떤 단어에 대한 이해가 다를 수밖에 없습니다. 정의, 평화, 세계, 인간, 영혼, 우주, 생명, 진리 등 우리가 공통으로 사용하는 용어에 대한 이해가 다르기 때문에 어떤 사람이 이런 용어를 쓸 때 거기에 담겨 있는 내용이 듣는 사람이 받아들이는 내용과 다를 수밖에 없습니다.

사정이 이러하기 때문에 언어(말이나 글)로는 커뮤니케이션이 성공할 확률이 거의 제로입니다. 세상에 대한 모든 경험이 그러하듯이, 다른 사람의 말이나 글 역시 자기 수준에서 받아들이고 이해하는 것이지 결코 상대방을 이해하는 것이 아닙니다.

절대를 추구하던 이들은 언어를 넘어가려고 했고, 피타고라스나 구르지예프G. I. Gurdjieff(1866[~1877, 출생 연도는 의견이 나뉜다]-1949. 철학자, 신비주의자) 같은 사람은 누구에게나 동일한 의미를 지니는 객관적인 언어를 탐구하고 그런 언어로 우주와 인간을 설명하려고 했던 것이 아닐까 싶습니다. 수數, 기하학, 음악의 음계보다 더 객관적인 언어는 없을 테니까요.

에니어그램과
수의 신비

에니어그램Enneagram이 고대의 지혜에서 비롯되었다는 것은 많이 알려져 있습니다. 그런데 제가 과문한 탓인지 몰라도, 행해지고 있는 대부분의 에니어그램 워크숍이 인간 이해와 관련된 고대 지혜의 '근원'에 대한 고찰이 생략된 채 '응용' 일변도로 진행되고 있다는 느낌이 듭니다. '에니어그램'의 '에니어'가 숫자 9를 뜻하는 '에니에드ennead'에서 비롯되었다는 것은 다 알고 있습니다.

그렇다면 수의 신비를 이해하지 못하고는 에니어그램을 제대로 이해할 수 없겠다는 것이 우선 떠오르는 생각입니다. 에니어그램을 형성하는 9개의 점은 3과 7이라는 수의 복합으로 만들어진 것입니다.

수 3, 6, 9

우선 힘의 중심에 해당하는 3, 6, 9는 3이라는 수를 기본으로 만들어진 것입니다.

$1 \div 3 = 0.333333333333$

$2 \div 3 = 0.666666666666$

$3 \div 3 = 0.999999999999$

그런데 마지막 $3 \div 3 = 1$이어야 되는데 어찌 0.9999999999인가 의아하지요. 수에 담겨 있는 미스터리입니다. 다음의 계산을 한 번 해 보죠.

$1 \div 9 = 0.1111111111\cdots$

$2 \div 9 = 0.2222222222\cdots$

$3 \div 9 = 0.3333333333\cdots$

$4 \div 9 = 0.4444444444\cdots$

$5 \div 9 = 0.5555555555\cdots$

$6 \div 9 = 0.6666666666\cdots$

$7 \div 9 = 0.7777777777\cdots$

$8 \div 9 = 0.8888888888\cdots$

$9 \div 9 = ?$

규칙적인 수의 발전 과정으로 보면, $9 \div 9 = 1$이 아니라 0.9999999999…가 되겠죠. 그렇다면 $9 \div 9 = 0.9999999999\cdots$임을 증명해 봅시다.

$9 \div 9 = 0.9999999999\cdots$에서 $9 \div 9$를 미지수 x라고 가정합시다.
그러면 $x = 0.9999999999\cdots$가 됩니다.

여기서 양변에 10을 곱해 봅시다.
그러면 $10x = 9.9999999999\cdots$가 됩니다.

이제 양변에서 $x(0.9999999999\cdots)$를 뺍니다.
그러면 $10x - x = 9.9999999999\cdots - 0.9999999999\cdots$가 됩니다.

이것을 정리하면 $9x = 9$가 되고,
양변을 9로 나누면 $x = 1$이 됩니다.

위에서 x를 $0.9999999999\cdots$라고 했으니 $0.9999999999\cdots$와 1은 '수학적으로 같음'이 증명된 셈입니다.
그래서 수학적으로 $1 = 3 \div 3 = 0.9999999999\cdots$인 것입니다.

수 1, 2, 4, 5, 7, 8
3, 6, 9를 뺀 나머지 1, 2, 4, 5, 7, 8은 7이라는 수를 기본으로 만들어진 것입니다. 7을 자기를 제외한 다른 수로 나누어 봅시다.

$1 \div 7 = 0.142857142857\cdots$

2÷7 = 0.285714285714…

3÷7 = 0.428571428571…

4÷7 = 0.571428571428…

5÷7 = 0.714285714285…

6÷7 = 0.857142857142…

8÷7 = 1.142857142857…

9÷7 = 1.285714285714…

10÷7 = 1.428571428571…

11÷7 = 1.571428571428…

⋮

여기서 알 수 있는 것은 7을 자기를 제외한 다른 수로 나누었을 때 그 값은 시작은 달라도 뒤에 가면 '142857'이 무한히 반복된다는 것입니다. 그래서 1, 4, 2, 8, 5, 7을 7이라는 수의 신비한 성격에서 파생된 수라고 보는 것이죠.

원에 정9각형의 꼭짓점에 해당하는 9개의 점을 찍고(사실 정7각형과 정9각형은 작도가 불가능하다. 이런저런 편법으로 정7각형이나 정9각형에 비슷한 도형을 그릴 수 있을 뿐이다), 맨 위에 있는 점에 9를 쓰고 시계 방향으로 1부터 8까지 순서대로 숫자를 씁니다.

그 다음, 1-4-2-8-5-7-1 순서에 따라 점과 점을 연결하면 에니어그램의 기본 도형이 만들어지고, 힘의 중심에 해당하는 3, 6,

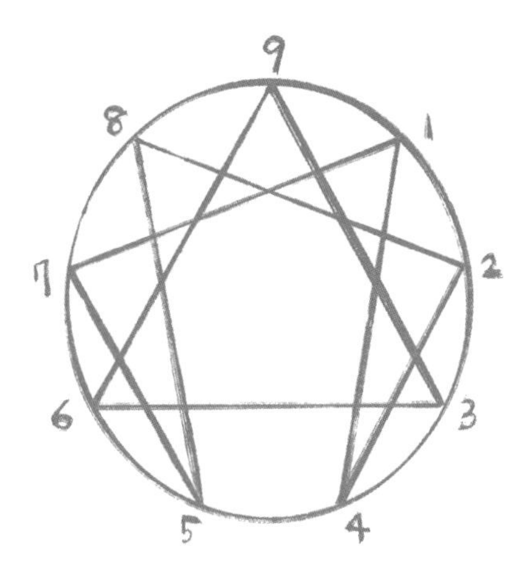

9를 연결하여 정삼각형을 그으면 에니어그램 도형이 완성됩니다.

이로써 에니어그램은 숫자 3과 7 그리고 그 둘의 결합으로 만들어진 9의 신비를 안고 있는 도형임을 알 수 있습니다. 따라서 3과 7과 9라는 숫자에 담겨 있는 신비를 이해하기 전에는 에니어그램을 온전히 이해했다고 보기 어렵습니다.

유형 분석은 에니어그램의 응용이지 원리가 아닙니다. 그리고 에니어그램이 고대의 지혜라는 것은 유형 분석이 고대의 지혜라는 뜻이 아닙니다. 유형 분석은 다 알다시피 아주 최근에 만들어진 것입니다. 에니어그램을 고대의 지혜라고 하는 것은 에니어그램을 형성하는 숫자에 담긴 원리와 그 원리에 대한 우주론적인 이해가 고대의 지혜라는 뜻임을 새겨 둘 필요가 있습니다. 각 수의 의미에 대해서는 그것 자체가 웅장한 우주론이기 때문에 다루려면 너무 방대해지므로 이 정도만 말해 둘 수 있겠습니다.

우리가 알고 있는 현상 세계가 모두 진동으로 이루어져 있고, 진동으로 이루어져 있다는 것은 각기 자기만의 진동수를 가지고 있다는 뜻이고, 고유한 진동수를 가지고 있다는 것은 음악을 구성하는 음이 수의 원리로 이루어진 것처럼 고유한 '수의 원리'가 바탕에 깔려 있다는 뜻이기 때문에, 결국 현상 세계는 '수의 원리'에 입각해서 만들어진 것이라는 말이 됩니다.

20진법의 세계

지금까지 발견된 마야의 문자 기록에서 그 내용의 절반 이상이 달력이라고 합니다. 정체를 알 수 없는 고대 마야인들은 왜 그렇게 달력을 중요하게 여겼을까요? 그리고 (그런데) 그들의 달력은 얼마나 정확했을까요?

달력은 날짜와 세월을 셈하는 도구인데, 날짜와 세월을 셈하기 위해서는 천문 현상을 관측하는 길밖에 없습니다. 따라서 달력이 얼마나 정확한가는 천문 관측이 얼마나 정확하냐에 달려 있습니다. 그러면 마야인들의 천문 관측 정확성은 어느 정도였을까요?

몇 가지만 살펴보겠습니다.

1. 마야인들은 태양의 공전 주기(곧 지구의 공전 주기)를 365.2420일로 계산했다. 이는 현대 천문학의 과학적 계산치인 365.2422일과 거의 일치한다. 1년에 17.28초, 만 년에 하루의 오차(?)가 있을 뿐이다. 오늘날 우리가 사용하고 있는 그레고리력은 태양

의 공전 주기를 365.2425일로 계산하는 역법인데, 이는 마야력보다 오차(!)가 더 크다.(일일이 다 설명하기가 번거로워서 그렇지 물음표와 느낌표를 찍은 이유가 분명히 있다.)

2. 달과 관련해서도 고대 마야인들의 관측 정확성이 두드러진다. 「꼬디쎄 드레스데Códice Dresde」라는 고문서에는 음력 한 달의 주기가 29.53086일로 기록되어 있다. 이는 현대 천문학의 과학적 계산치인 29.53059일과 1년에 23.328초의 오차(?)가 있을 뿐이다.
3. 비너스(금성)의 경우 고대 마야인들은 회합 주기를 584일로 계산했다. 현대 천문학의 관측에 따르면 비너스의 회합 주기는 일정하지 않고, 580~587일의 변동 양상을 보이는데, 그 변동 주기의 평균은 583.92일이다.
4. 기타 북극성, 묘성(昴星), 제머나이(쌍둥이자리) 등을 포함한 다양한 천문 관측 자료가 발견되어 있다.

천문 현상을 관측하고 그것을 세월을 측정하는 달력으로 변환하기 위해서는 수를 세는 적절한 계수 체계가 필요합니다. 이를 위해 마야인들은 20진법의 계수 체계를 사용했습니다. 따라서 마야 달력 곧 마야의 천문을 이해하려면 20진법과 그 표기법을 알아야 할 필요가 있습니다.

마야의 과학 수준을 이야기할 때 흔히 동양이나 서양 그 알려진 어떤 세계보다 마야인들이 먼저 0(zero)의 개념을 알고 사용했다고 소개합니다. 아무것도 없는 0을 사용하지 않으면 수를 셀 때 세는 수만큼의 별도의 숫자가 필요해집니다. 그러나 0을 사용하면 진법에 따라 10진법에서는 10개, 20진법에서는 20개의 숫자만 있으면 얼마든지 긴 수를 세고 표기할 수 있습니다.

각설하고, 마야인들은 점(•)과 작대기(▬)와 조개 모양(◉)만 가지고 20진법을 표기했습니다. 점(•)은 1, 작대기(▬)는 5, 조개 모양(◉)은 0입니다. 「꼬디쎄 드레스데」에 나오는 숫자 'ㅇ'의 모양은 아래와 같습니다.

이걸 보통 조개 모양이라고 하는데, 편의상 그렇게 부르는 것이지 조개를 도안의 소재로 삼았다는 근거는 어디에도 없습니다.(이집트의 '호루스Horus의 눈'처럼 '신의 눈'이 아닐까 싶다.)

자, 이젠 마야의 수 표기를 공부해 봅시다. 20진법을 이해하는 것은 어렵지 않습니다. 하지만 10진법으로 자동 반응하도록 길들여진 우리가 20진법을 사용하기는 몹시 어렵습니다. 그러니 진수를 퍼뜩퍼뜩 읽을 수 없다고 기죽지 말고 우선 이해부터 해 봅시다. 마야의 20진법 수 표기는 아주 쉽습니다.

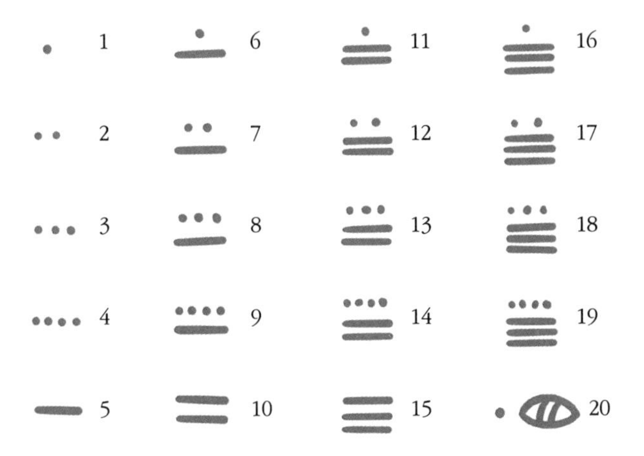

'20'의 경우 첫째 자리가 0이고 둘째 자리가 1임을 표시한 것입니다. 둘째 자리의 1(점 하나)은 20진법이므로니까 당연히 '20'입니다.

계속해서,

21 26 31 36
22 27 32 37
23 28 33 38
24 29 34 39
25 30 35 40

'40'을 보면 (2×20)+0 = 40이 됩니다.

$= (5\times20)+0 = 100$

$= (6\times20)+0 = 120$

$= (10\times20)+17 = 217$

$= (19\times20)+19 = 380+19 = 399$

$= (1\times20\times20)+0+0 = 400$

$= (6\times20\times20)+0+12 = 2412$

처음 해 보는 것이라 낯설어서 그렇지 그리 어렵지는 않습니다. 계속 더 연습해 봅시다. 20진법이니까 자릿수가 올라감에 따라 두 번째 자릿값은 20, 세 번째는 20×20=400, 네 번째는 20×40=8,000, 다섯 번째 자릿값은 20×8000=160,000이 됩니다.

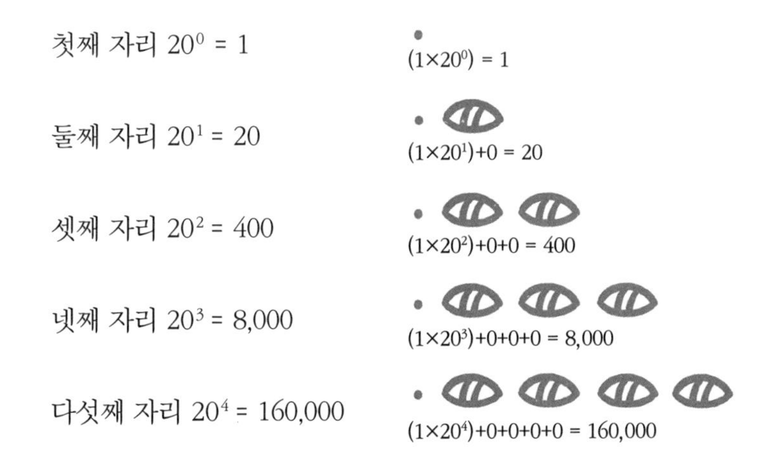

⋮

그리하여,

= (6×160,000)+(3×8,000)+(10×400)+(0×20)+17=988,017

마야의 수 표기를 점과 작대기와 신의 눈이 아니라, 우리가 사용하는 아라비아 숫자로 표기하는 방법이 있습니다.

⇒ 6. 3. 10. 0. 17

이런 표기 방식으로 마야 달력의 끝 날End date인 2012년 12월 21일을 '13.0.0.0.0'으로 씁니다.

마야
긴 달력

5125년력(한 주기가 5125.36년)인 마야 긴 달력Maya Long Count calendar은 이론상으로는 무한의 주기를 갖는다고 할 수 있습니다. 날수를 셈하는 방식은 두 번째 자리에서 세 번째 자리로 올라갈 때 18진법이 사용되는 예외를 빼고 모두 20진법입니다. 긴 달력을 다섯 자릿수로 표기하는데, 그 다섯 자리는 다음과 같습니다.

1낀Kin = 1낀 = 1×1일 = 1일

1우이날Uinal = 20낀 = 20×1일 = 20일

1뚠Tun = 18우이날 = 18×20일 = 360일

한 번의 예외

1까뚠Katun = 20뚠 = 20×360일 = 7,200일

1박뚠Baktun = 20까뚠 = 20×7,200일 = 144,000일

긴 달력의 한 주기는 13박뚠입니다.

13×144,000일 = 1,872,000일로 대략 5,125.36년입니다.

긴 달력은 0.0.0.0.0에서 시작하는 것이 아니라 13.0.0.0.0에서 시작됩니다. 말하자면 13.0.0.0.0일을 0.0.0.0.0으로 치고 새로운 주기의 날수를 셈해 나가는 방식입니다. 그래서 한 주기의 첫날은 0.0.0.0.0일, 다음날은 0.0.0.0.1일, 0.0.0.0.2일… 나가다가, 13.0.0.0.0일이 되면 리셋되어 다시 0.0.0.0.0이 시작됩니다.

0.0.0.0.0 = 1일

0.0.0.0.1 = 2일

0.0.0.0.2 = 3일

0.0.0.0.3 = 4일

⋮

0.0.0.0.19 = 19일

0.0.0.1.0 = 20일

0.0.0.1.1 = 21일

0.0.0.1.2 = 22일

⋮

0.0.0.17.19 = 359일

0.0.1.0.0 = 360일

0.0.1.0.1 = 361일

⋮

13.0.0.0.0 = 1,872,000일

1,872,000일, 이 날을 '끝 날End date'이라고 합니다. 지구가 멸망하는 종말의 날이라는 뜻이 아니라, 한 주기가 끝나는 날이라는 뜻입니다.(참고로 마야의 수 체계는 박뚠 뒤로도 계속 20진법으로 자릿수가 올라간다. 1삑뚠 = 20박뚠, 1깔랍뚠 = 20삑뚠, 1낀칠뚠 = 20깔랍뚠, 1알라우뚠 = 20낀칠뚠, 1하블라뚠 = 20알라우뚠 … 13하블라뚠 = 164억 년)

물론 끝 날이 한 주기가 끝나는 날이 확실하다면, 한 주기가 끝나고 다음 주기가 시작되는 징조들이 어떤 식으로든 나타날 것입니다. 마야 연구자들은 2012년 12월 21일, 또는 12월 22일, 또는 12월 23일이 긴 달력의 끝 날이라고 추정했습니다. 나름대로 충분한 근거를 갖고 2011년 10월 28일이라고 추정하는 학자도 있습니다.

이번 주기가 언제 시작되었는지를 확정할 수 있으면, 끝 날을 찾는 것은 그리 어렵지 않습니다. 하지만 주기가 시작된 날이 '(260일력의) 4아하우 (365일력의) 8꿈후'라는 분명한 언급은 있지만 그날을 그레고리력으로 환산하는 데에는 상당한 어려움이 있습니다. 그래서 B.C. 3115년부터 B.C. 3113년의 어느 날까지 다양한 견해가 제출되었습니다. 대중적으로 퍼져 있었던 2012년 12월 21일(동짓날) 이론은 0.0.0.0.0일을 B.C. 3114년 8월 11일(또는 12일이나 13일)로 잡고 계산해 낸 것입니다.

정확한 날짜를 확정하는 것이 왜 어려울까요? 우리에게 익숙한 것으로 두 가지만 예를 들어 보겠습니다.

1. 자신의 음력 생일만 알고 있는데 지금은 음력 달력이 아예 없어지고 양력만 사용한다면, 자신의 생일이 양력으로 몇 년 몇 월 몇 일인지를 찾을 수 있을까?
2. 세종 즉위 몇 년 몇 월 몇 일에 어떤 일이 있었다는 기록이 『조선왕조실록』에 나올 때, 그날이 우리 달력으로 몇 년 몇 월 몇 일인지 정확하게 확정할 수 있을까?

결론부터 말하자면, 1번 경우는 천신만고의 노력을 기울이면 대충 비슷하게는 찾을 수 있을 것입니다. 하지만 2번의 경우는 죽었다 깨나도 정확하게 어느 날이라 확정하지 못합니다.

세종 때까지만 해도 수시력, 대통력, 선명력을 함께 사용했고 수시력과 대통력의 장점을 취해서 만든 칠정산 내편(뒤에는 외편까지) 등 여러가지 역법 체계의 달력을 사용했기 때문입니다. 나아가 이들 역법 체계가 이름은 전해지고 있지만 정확하게 어떻게 날짜를 계산했는지도 분명하지 않습니다.

비교적 자료가 많은 가까운 우리 현실이 이런데, 자료도 부족하고 마치 암호문 해독하듯이 해독해야 하는 마야력의 날짜를 지금 우리가 쓰는 그레고리력으로 정확하게 환산한다는 것이 얼마나 어렵겠습니까? 하지만 어느 날이라고 확정하지 못하는 것뿐이지, 많은 연구자들의 끈질긴 연구 결과 2012년 동지 무렵이 긴 달력의 끝 날이라는 데에는 거의 모든 사람들이 동의를 합니다.

그래서 어쨌다는 말일까요? 그렇습니다. 마야의 달력과 천문 정보 그 자체는 현상에 대한 이야기이지 존재(실존)에 대한 것이 아닙니다. 이런 현상이 지금 나와 무슨 관련이 있는가에 대한 존재론적인 메시지를 도출하지 못한다면 괜히 머리만 복잡해지는 이야기가 되고 말 것입니다.(마야 관련 독서를 하고 싶은 분들은 호세 아르구에예스José Argüelles[1939-2011], 존 메이저 젠킨스John Major Jenkins[1964-2017], 칼 요한 콜레만Carl Johan Calleman[1950-], 바바라 핸드 클로Barbara Hand Clow[1943-]의 책을 추천한다.)

내일을 준비하며
오늘을 오늘로 살기

어느 마을에 유신론자와 무신론자가 이웃에 살고 있었습니다. 저녁만 되면 두 사람은 마을 길목에 앉아서 밤늦도록 열띤 토론을 했습니다. 날이면 날마다 반복되는 시끄러움에 마을 사람들은 짜증이 났습니다. 그래서 하루는 마을 사람들이 모두 모인 자리에서 토론을 끝장내라고 주민들이 회관에 모여 두 사람의 토론을 지켜봤습니다. 토론은 새벽까지 이어졌고, 결과는 무신론자가 유신론자에게 설득되어서 유신론자가 되었습니다. 그런데 유신론자는 반대로 무신론자에게 설득되어서 무신론자가 되었다고 합니다. 그래서 그 둘의 토론으로 인한 시끄러움은 그치지 않았답니다.

세상이 이래야 된다 저래야 된다 말도 많고 주장도 많습니다. 그런데 세상을 어떻게 해 보겠다고 나서는 사람들로 인해서 세상은 더욱 더 복잡하고 시끄러워집니다. 그래서 저는 세상을 어떻게 해 보려고 하지 않고, 다만 저에게 주어지는 당위적인 행위에만 몰두하려고 합니다.

그럼에도 불구하고 내가 세상에서 떨어져서 존재하는 것이 아니기 때문에 세상 돌아가는 일에도 관심을 갖고 있습니다. 기후 문제, 식량 문제 등에 관심을 갖고 만약 지구적인 대격변이 온다면, 그리고 재수 없이 그 대격변에서 살아남는다면 어떻게 해야 할까를 생각해 보기도 합니다. 물론 생각만 하는 것이 아니라 그 상황에 대처할 실질적인 준비도 조금씩 해 나가고 있습니다. 대격변 과정과 그 이후에도 오늘이 있을 테니까요.

이런 생각을 하면서 나름대로 준비를 해 온 시간이 꽤 된 것 같습니다. 천문 해석 공부를 하면서, 마야 달력을 연구하면서, 그리고 믿을 만한 여러 채널링 메시지를 접하면서 저의 생각(믿음)은 점점 더 흔들리지 않게 되었습니다. 이 트랙track에서는 이미 완성되어 있는 시나리오에 따라서 일어날 일은 분명히 일어나고야 말 것이라는.

기후의 변화는 이제 변화가 아니라 격변 수준이 되었습니다. 그리고 인간이 어떻게 돌려놓을 수 있는 상황도 아닙니다. 홍수가 날 것을 미리 안 노아가 산꼭대기에 방주를 지을 때 다른 사람들은 그를 정신병자 취급했습니다. 하지만 대홍수는 났고 노아와 그의 가족만 살아남았습니다. 이런 이야기를 하는 것은 대격변에서 살아남을 준비를 하자는 뜻이 아니라, 오늘밖에 없는 오늘을 적절히 대처하며 살자는 뜻입니다. 무한 소비 위주의 삶, 물질과 육체를 소유로 여기는 왜곡된 삶에 대한 반성도 있어야겠지요.

앞에서 '실질적인 준비'도 해 나가고 있다고 했습니다만 우리의 하루하루는 무엇을 '준비'하는 시간이 아닙니다. 그저 오늘의 삶이 있을 뿐이지요.

식사 준비를 한다고 합니다. 아닙니다. 음식을 만들고 상을 차리는 것 자체가 그 순간의 삶입니다. 만약 그것을 준비라고 한다면 우리의 삶 전체가 준비만 하다가 끝납니다. 식사 준비를 하고, 식사를 준비하기 위해서 먹거리를 준비해야 하고, 먹거리 준비를 위해서 농사를 지어야 하고, 농사를 준비하기 위해서 또 무엇을 준비해야 하고… 이런 식이 되겠지요. 어린 아이는 어른이 될 준비를 하는 것이 아닙니다. 어린 아이로서의 그날 하루의 삶이 있는 것이지요.

텃밭 농사를 몇 년 지으면서 감자와 옥수수와 콩 농사는 어렵지 않게 가능하다는 것을 배웠고, 벼와 밀이나 보리농사는 몹시 어렵다는 것을 알았습니다. 벼농사는 농사 자체가 기술적으로 어렵고 밀과 보리농사는 수확 이후의 과정이 말 그대로 지난합니다. 돌 골라야 하고, 방아 찧야 하고, 제분해야 하고, 곰팡이 나지 않게 보관할 수 있어야 합니다. 기계의 힘을 빌리지 않고는 할 수 있는 것이 거의 없고, 필요한 기계가 근처에 있지도 않습니다. 그래서 통밀을 100kg 정도 수확해 놓고 어떻게 할 방법이 없어서 닭 모이로 주기도 했습니다.

채소는 부지런하기만 하면 됩니다. 자연 농법이다 태평 농법이다 해서 풀도 뽑지 않고 농사를 짓는 방법이 있긴 합니다. 그런데 그것도 절대 태평한 방식이 아닙니다. 많은 시간 땀을 흘려야 합니다. 그러지 않으면 무 한 뿌리 배추 한 포기 못 먹습니다. 또한 수확한 것을 다시 씨앗으로 쓸 수 있어야 한다는 것도 아주 중요한 문제입니다. 이런 재래종 씨앗을 종류별로 확보하는 것은 아주 중요합니다. 하지만 지금 우리 현실에서는 이런 씨앗 구하는 것도 쉬운 일이 아닙니다. 종자는 이미 세계적으로 무기화된 상태입니다.

자급자족적인 삶을 몇 사람이 뜻과 힘을 합쳐서 구현해 나간다면 효율성 면에서는 좋을 것입니다. 하지만 '우리 이렇게 하자!'는 식의 운동과 구호로 무엇이 될 것이라는 생각은 제 경험에 의하면 인간성과 세상을 이해하지 못한 데서 비롯되는 신기루입니다.

어떤 보상 특히 경제적인 보상이 보장되지 않으면 깨지기 쉬운 약점이 있습니다. 제가 공동체 탐방을 시작한 1970년대 후반부터 수도 없이 본 현상입니다. 그래서 저는 그저 생각이 비슷한 사람들이 서로 자기 일을 하는 과정에서 도울 수 있으면 돕기도 하고 도움을 받기도 하면서 서늘하게 자신의 삶을 살아가면 그뿐이라는 삶의 방식을 선택했습니다.

기름과 전기 공급이 끊어진다면 어떻게 하시겠습니까? 괜한 질문이 아닙니다. 지금 살고 있는 트랙에서는 곧 경험하게 될 가능성이 아주 큽니다. 지금도 지구상에는 원시적인 방식으로 살아가는 사람들이 많습니다. 저도 중학교 2학년 때까지 전기가 들어오지 않는 곳에서 살았습니다. 할아버지께서 농사를 지으셨는데 기계라고 해야 두 사람이 발로 발판을 밟아서 돌리는 탈곡기와 손으로 돌려서 곡식

난알 가리는 풍구밖에 없었습니다.

원시적인 이런 방식에서 무언가 배울 것이 있을 것입니다. 야생에서 살아남는 방법도 배워둘 만합니다. 이런 걸 배우는 과정 자체도 과정이 아니라 아주 즐거운 캠핑이 될 수 있습니다. 불은 필수입니다. 그런데 성냥이나 라이터가 없을 때 어떻게 불을 피울 수 있습니까? 부싯돌? 수많은 돌 가운데에서 어떤 걸 부싯돌로 쓸 수 있는지는 아십니까? 부싯돌로 불 피워 보셨습니까? 절대 낭만적으로 생각하면 안 됩니다. 거의 못 피운다고 보면 됩니다.

또 기후 변화로 인해서 농사도 지을 수 없는 상황이 된다면 어떻게 하시겠습니까? 농사짓는 것이 자연스러운 삶이라고 알고 계신 분이 많을 텐데, 실제로 정착해서 토지를 경작하는 농사는 어떤 농법으로 농사를 짓더라도 상당히 비자연적입니다. 땅을 혹사시키고, 기진맥진한 땅에 영양제(비료나 퇴비) 투여해야 하고, 관리를 위해서 상당히 많은 시간 땀을 흘려야 합니다. 이런 점에서 보면 수렵-채취가 그래도 자연에 가장 가까운 삶의 방식이 아닐까 생각하게 됩니다.

하지만 지금까지 이야기한 시나리오가 적용되는 트랙과 다른 트랙이 있다는 것은 압니다. 그 트랙으로 트랙을 바꿔 타면 새로운 트랙의 삶을 경험할 것입니다. 그런데 선택 가능한 무수한 트랙들이 평면이 아니라 차원으로 중첩되어 있다면, 그렇다면 3차원이 2차원과 1차원을 포함하고 있듯이, 또는 대뇌 신피질이 활성화되어서 고도의 지성에 이르렀더라도 하위 차원에서는 여전히 파충류 뇌와 포유류 뇌가 작동하고 있듯이, 또는 상위 차크라가 활성화되더라도 아래 차크라 역시 여전히 자기 역할을 하고 있듯이, 상위 트랙 역시 우리가 지금 경험하고 있는 하위 트랙을 '포함하면서 초월'하는 것이겠지요.

이런 생각으로 저는 상위 차원으로의 여행을 지향하면서도 현실을 건강하게 유지하려고 노력합니다.

『바가바드 기타』 패러디

원문:

이제 그대에게 모든 앎의 목표, 그것을 알면 불멸에 이르는 지혜, 존재도 아니고 비존재도 아닌 '그것', 곧 시작이 없는 지고한 브라만에 대해 말해 주리라. … 그는 안에 있으면서 동시에 밖에 있으며, 움직이면서 동시에 움직이지 않는다. 그는 멀리 있으면서 동시에 가까이 있는 이해를 넘어서는 신비한 존재이다. 그는 나누어져 있지 않지만 다양한 존재로 나뉘어져 자신을 드러낸다. 그가 존재들을 생성시키는 창조자이고, 존재들을 지탱하는 유지자이며, 존재들을 소멸시키는 파괴자이다. 이런 그를 아는 것이 모든 앎의 목표이다.

—『바가바드 기타』 제13장 12절, 15-16절

패러디: 이제 그대를 자유롭게 하는 정보, 일상적인 차원에서는 인식할 수 없는 '그것', 곧 그는 어디서 어떻게 시작되었는지를 알 수 없는 게이머Gamer에 대해 힌트를 주리라. 게이머의 생각과 능력

이 게임 판인 우리 차원에서 그대로 펼쳐지지만 게이머 그 자신은 게임 판 밖에 있다. 게임이 진행되는 동안에는 게임의 진행에 따라 게이머가 즐거워하기도 하고 안타까워하기도 하지만 게임이 어떻게 결말이 나든 그건 게이머하고는 아무 상관이 없다. 그저 게임일 뿐이니까. 게임에 등장한 캐릭터인 우리는 게이머가 있다는 사실조차 알아차리기 힘들다. 게이머가 설정해 준 성격과 기질과 능력에 따라 눈앞에 닥친 현실에 대응해야만 하는 우리에겐 그만큼 신비한 존재이다. 게이머는 다양한 캐릭터의 활동을 통해 자신의 뜻을 게임 판에 펼친다. 그가 게임의 배경과 캐릭터를 설정하는 자이고, 게임을 즐기는 자이며, 게임을 끝내고 전원 코드를 뽑는 자이다. 모든 캐릭터는 그의 뜻에 따라 움직인다. 그는 모든 캐릭터의 활동을 지배하는 자이고, 모든 캐릭터의 활동 방향을 정하는 자이다.

장난처럼 보이는 이 패러디가 『바가바드 기타』를 곁에 둔 지 수십 년이 넘는 필자에게는 결코 장난이 아니랍니다. 이제 우리도 게이머와 슬쩍 눈을 마주칠 때가 되지 않았을까요?

'인도의 성서'라고 하는 『바가바드 기타』는 본래 인도 바라타 왕족 전쟁과 역사를 다룬 대서사시 『마하바라타』의 제6권 가운데 일부분입니다. 하지만 오래 전부터 내용상 하나의 독립된 경전으로 취급하여 따로 읽는 관습이 있습니다. 인도 사람이 『바가바드 기타』를 모르는 것은 영어를 사용하는 사람이 성서를 모르는 것과 같다고 말하는 사람도 있습니다.

『바가바드 기타』는 수천 년 동안 인도 사람의 정치, 사회, 종교, 문화 전반에 걸쳐 기독교 성서가 서구 사회에 영향을 준 것과 같은 영향을 끼쳤습니다. 어떤 종파 어떤 학파에 속해 있든지, 인도의 영적인 지도자 가운데서 『바가바드 기타』를 가르치지 않은 사람이 없을 정도로 이 책은 인도인의 사랑을 받고 있습니다. 이런 『바가바드 기타』가 18세기 시작 무렵 유럽에 처음 소개된 이후 많은 서구 지성인들의 심금을 울렸으며, 연구서와 번역본이 엄청나게 쏟아져 나왔습니다. 동양 문화권이 산출한 문헌 가운데서 서구인들에게 가장 큰 영향을 주었고 또 주고 있는 책이 『도덕경』과 『바가바드 기타』일 것입니다. 이 두 책의 번역본 수만 놓고 보아도 기독교 성서 번역본의 수에 결코 뒤지지 않습니다.

『바가바드 기타』의 배경은 잃어버린 왕권을 되찾으려는 전왕前王 판두의 아들들과 현재 차지하고 있는 왕권을 놓치지 않으려는 현왕現王 드리타라슈트라의 아들들 사이에서 벌어지는 왕권을 쟁탈하기 위한 전쟁입니다. 전왕 판두와 현왕 드리타라슈트라는 형제였습니다. 따라서 그들의 아들들이 벌이는 전쟁은 사촌 형제들 사이에 벌어진 왕위 쟁탈전이었습니다. 『마하바라타』에 따르면 이웃에 있는 나라들도 두 편으로 갈려 차츰 이 싸움에 끼어들어 나중에는 인도 전체가 전쟁의 소용돌이에 휘말리게 되었습니다. 쿠루 들판에서 벌어진 이 전쟁은 18일 동안 치열하게 계속되었고, 전쟁이 끝났을 때엔 판두의 다섯 아들과 크리슈나 외에는 이렇다할 만한 족장은 한 사람도 살아남지 못했습니다.

『바가바드 기타』는 이 결정적인 전투가 막 벌어지려는 찰나에 판두의 셋째 아들 아르주나와 크리슈나 사이에서 오간 대화로 이루어져 있습니다. 드리타라슈트라의 신하인 산자야가 장님인 드리타라슈트라에게 전황을 보고하면서 아르주나와 아르주나의 전차 몰이꾼으로 등장하는 크리슈나의 대화 내용을 전하는 형식을 취하고 있습니다. 먼저 말해 두고 싶은 것이 있습니다. 쿠루 들판에서 벌어진 이 전쟁은 실제 역사적으로 벌어진 전쟁이지만, 이 전쟁 이야기가 경전이 된 것은 이 전쟁이 선과 악이 싸우는 우리 내면의 전쟁에 대한 메타포이기 때문입니다.

전쟁의 상대가 된 판두의 아들들과 드리타라슈트라의 아들들은 각각 선과 악 또는 빛의 세력과 어둠의 세력을 상징하는 메타포입니다. 그리고 이들이 죽음을 무릅쓰고 쟁탈하려는 왕권은 신과 하나되어 신의 차원 곧 참나 차원에서 삶의 드라이브를 자유롭게 즐기는 상황을 상징하는 메타포입니다. 그러므로 크리슈나가 아르주나에게 가르치는 것은 외적인 전투가 아니라 영적인 온전함입니다.

아르주나가 싸워야 할 상대는 육체적인 친족과 친구가 아니라 자신의 내부에 있는 부정적인 에너지입니다. 세속에 끌려다니는 저급한 자아와 자신의 영적인 약점이 싸워 이겨야 할 적입니다. 우리 속에서 긍정적인 에너지와 부정적인 에너지가 함께 자라고 있기에 이들은 남이 아니라 친족인 것입니다.

"내가 세상에 평화를 주려고 온 줄 생각하지 말라. 평화가 아니라 칼을 주려고 왔다. 나는 아들이 아버지와 맞서게 하고 딸이 그 어머니와 맞서게 하고 며느리가 그 시어머니와 맞서게 하려고 왔다. 사람의 원수가 자기 집안 식구일 것이다"(『마태복음』 10:34-36)라는 예수의 말도 같은 뜻이 아닐까요?

왕권을 되찾기 위해서 아르주나와 그의 형제들이 싸워야 할 상대는 낯모르는 외국인이 아니라 가까운 친척들이었습니다. 사촌 형제, 자기들을 길러 준 큰아버지, 어릴 때 자기들을 가르치고 인도해 준 스승과 친척 어른들이 싸워야 할 상대였습니다.

아르주나는 오랫동안 부당한 대우를 받은 큰형 유디슈티라가 쿠루 왕가의 적법한 후계자이며, 그를 위해 왕권을 되찾기를 바랐습니다. 그러나 친척 사이의 전쟁이 얼마나 비참할 것인가 그 결과를 내다보며 번민합니다. 그래서 그는 격전이 시작되기 직전, 그날 아침에 크리슈나에게 고뇌에 찬 질문을 던집니다.

"크리슈나여! 도대체 삶이 무엇이기에 이런 전쟁을 해야 된단 말입니까?"

『바가바드 기타』는 이 질문에 대한 크리슈나의 대답입니다. 고통과 심한 좌절에 직면한 사람이 흔히 던지는 질문, '도대체 삶이 무엇이기에 이렇게 어렵게 살아야 하는가?' 또는 '이렇게 구차하게 사는 것이 무슨 의미가 있는 것인가?'라는 보편적인 질문에 대한 크리슈나의 대답입니다.

그러면 크리슈나가 아르주나에게 가르친 내용은 무엇일까요? 한마디로 말해 너는 게이머가 설정한 캐릭터이므로 어떤 것에도 집착하지 말고, 무엇을 하든 죄책감을 갖지 말고, 네 역할에 충실하라는 것입니다. 그리고 크리슈나는 그렇게 할 수 있는 몇 가지 방편을 '요가'라는 이름으로 제시합니다. '요가'라는 말이 전통적인 해석처럼 '(궁극적인 신성과) 하나가 된다'는 뜻을 가지고 있다면, 신 곧 게이머와 하나가 되는 몇 가지 방편을 가르쳐 준 셈입니다.

크리슈나는 사람마다 자기가 타고난 기질에 맞는 길을 갈 것을 권합니다. 활동적인 사람에게는 행위의 결과에 집착하지 않고 행동하는 행위의 길을(카르마 요가), 믿음이 강한 사람에게는 모든 행위를 신께 바치는 제물로 여기는 헌신의 길을(박티 요가), 그리고 이성적인 사람에게는 냉철한 식별력을 통해 진리를 깨닫는 지혜의 길을(갸나 요가) 갈 것을 권면합니다. 하지만 이 세 길이 서로 다른 길이 아니라 결국은 하나의 길임도 강조하고 있습니다.

많은 종교에서 사람마다 기질과 성격이 서로 다르다는 것을 염두에 두지 않고 기성복처럼 보편적인 길을 제시한 것에 비하면 놀라운 가르침이 아닐 수 없습니다. 생각해 보십시오. 활동과 여행을 좋아하는 사람에게 면벽 수행만이 길이라고 강조한다든지, 조용히 혼자 있는 것을 좋아하는 사람에게 이웃을 섬기는 구체적인 행위가 따르지 않는 믿음으로는 하느님 나라에 들어갈 수 없다고 겁준다면 그 사람 혼이 편안하겠습니까? 깼다고 하는 인류의 영적인 스승들의 면모를 살펴보면 저마다 자기 기질대로 배우고, 가르치며, 살다간 것을 쉽게 알 수 있습니다.

누구나 다 석가처럼 앉아 있을 수 있는 것이 아니며, 누구나 다 예수처럼 걸림 없는 행보를 할 수 있는 것이 아니고, 누구나 다 노자나 장자처럼 되는 대로 놔두고 멀거니 있을 수 있는 것이 아닙니다. 이런 점에서 자기 기질에 맞는 길을 선택해서 가라는 크리슈나의 메시지는 이 판(版, stage)이 끝날 때까지는 영원한 가치가 있는 것이 아닐까요?

크리슈나는 또 브라만(궁극적인 신성), 푸루샤(신적인 정신), 프라크리티(현상의 근본 질료), 구나(현상을 일으키는 기운) 등의 전문 용어를 사용해 가면서 이 게임 판이 어떤 원리에 의해, 어떤 과정을 거쳐, 어떻게 짜인 것인지에 대해서도 자상하게 설명합니다.

베단타Vedanta(인도의 가장 오래된 『베다』 경전을 일컫기도 하고, 그 정수를 의미하기도 한다. 편집 주)의 견해와 크게 다르지 않은 크리슈나의 이 설명 부분은 노자나 예수와는 대비되는, 분석하고 체계를 세워 설명하기를 좋아하는 인도 유러피언의 정신적인 특징이 잘 드러나는 대목이라고 할 수 있습니다.

전문 용어를 써 가면서 분석하고 체계를 세운다고 인간의 실존 문제가 해결되는 것은 아닙니다. 인간의 실존 문제는 게이머인 궁극적인 신성과 눈이 맞아 하나가 되어야만 더 이상 미혹되지 않는 해결에 도달합니다. 하지만 기질에 따라 이런 설명의 도움을 받아야만 할 사람도 분명히 있을 듯싶습니다.

앞에서처럼 『바가바드 기타』에서 잘 알려진 몇 구절을 패러디해 봅시다. 고대 경전이라면 일단 고리타분하게 여기거나 쉽게 접근하기 어렵다는 선입관을 갖고 있는 경향이 있기 때문에 이런 진지한(?) 장난을 해 보는 것입니다.

원문:

지구의 시간으로는 수십억 년이 브라마의 세계에서는 하루 밤낮에 지나지 않는다. 브라마의 아침이 밝으면 뭇 존재들이 무형無形의 세계에서 나와 현상 세계에서 활동을 시작한다. 그러다가 브라마의 밤이 오면 모든 존재들이 다시 무형의 세계로 돌아간다. 이렇게 브라마의 낮과 밤에 따라 존재들의 생성과 소멸이 무한히 반복된다. 그러나 생성과 소멸을 초월한 더 높은 또 다른 무형의 차원이 있다. 이 근원적인 무형의 세계는 모든 존재가 소멸되어도 소멸되지 않는다. 이 차원이 곧 나의 세계이다. (제8장 17-21절)

패러디: 이 게임 판에서 시간이 수천만 년이 흘러도 게이머의 세계에서는 하루에 지나지 않는다. 게이머가 전원을 켜고 게임을 시작하면 캐릭터들이 하드 디스크에서 나와 모니터 상에서 활동을 시작한다. 그러다가 게이머가 게임을 끝내고 전원을 끄면 모든 캐릭터의

정보가 다시 하드 디스크에 저장된다. 이렇게 게이머가 게임을 시작하고 끝냄에 따라 캐릭터들의 생성과 소멸은 무한하게 반복된다. 그러나 캐릭터들이 생성과 소멸을 반복하는 게임 판을 초월한 또 다른 차원이 있다. 이 차원은 게임 판이 끝나도 소멸되어 사라지지 않는다. 이 차원이 곧 게이머인 나의 세계이다.

원문:

물질 차원의 세 기운을 초월한 사람은 밝으면 밝은 대로 놔두고, 활동적이면 활동적인 대로 놔두며, 어두우면 어두운 대로 놔둔다. 어떤 상태를 싫어하지도 않고 갈구하지도 않는다. 그는 멀리서 바라보고 있는 구경꾼처럼 물질의 기운들이 활동하고 있는 것을 그저 초연하게 바라보기만 한다. 그는 물질적인 기운의 활동에 영향을 받지 않는다. 그는 모든 행위와 활동이 물질적인 기운의 활동일 뿐이라고 생각하며 흔들리지 않는 상태에 머물고 있다. 그는 괴로움과 즐거움을 하나로 보며, 흙덩이와 돌과 황금을 똑같은 것으로 여긴다. 그는 칭찬을 들어도 기뻐하지 않고, 비난을 받아도 화를 내지 않는다. 그는 명예와 불명예를 동등하게 보고, 친구와 적을 똑같이 여기며, 인위적인 행위를 꾀하지 않는다. (제14장 22-25절)

패러디: 게임을 진행시키는 세 가지 힘의 역학 관계를 알아차린 캐릭터는 밝으면 밝은 대로 놔두고, 활동적이면 활동적인 대로 놔두

며, 어두우면 어두운 대로 놔둔다. 어떤 상태를 싫어하거나 갈구하지 않는다. 그는 멀리서 바라보고 있는 구경꾼처럼 다른 캐릭터들이 각자의 기운에 따라 활동하고 있는 것을 그저 바라보기만 한다. 그 활동 때문에 울고 웃지 않는다. 그는 모든 행위와 활동이 게이머가 캐릭터에 부여한 기운의 활동일 뿐이라고 생각하며 흔들리지 않는 상태로 머물러 있다. 그는 이 게임이 가상 현실인 줄을 알기 때문에 괴로움과 즐거움을 하나로 보며, 흙덩이와 돌과 황금을 똑같은 것으로 여긴다. 칭찬을 들어도 기뻐하지 않고, 비난을 받아도 화를 내지 않는다. 그는 명예와 불명예를 동등하게 보고, 친구와 적을 똑같이 여기며, 억지로 자기 욕심대로 하려고 하지 않는다.

원문:

나는 만물의 근원이다. 모든 것이 나에게서 나온다. 이 사실을 깊은 의식 차원에서 깨달은 사람은 사랑과 헌신으로 나를 섬길 것이다. 그들은 생각을 나에게만 몰두하고, 온 힘을 나에게 쏟을 것이다. (제10장 8절)

패러디: 게이머인 내가 게임의 배경과 게임에 등장하는 모든 캐릭터를 설정했다. 이 게임 판에 등장하는 모든 것이 다 내 생각에서 나온 것이다. 눈치가 빠른 캐릭터는 이것을 알아차리고 게이머인 나만 생각하고 무슨 일을 하든지 나를 위해 할 것이다.

사람의 아들이라고
다 '사람의 아들'인가?

한자 문화권에서는 공자孔子, 노자老子, 장자莊子, 맹자孟子 등 훌륭한 철학자나 영적인 스승의 반열에 드는 사람을 부를 때 '아들 자子' 자를 붙여 부르는 풍습이 있지요. 이를테면 최고의 존칭이라고 할 수 있는데, 어떻게 해서 하고 많은 좋은 말 다 놔두고 '아들 자子' 자가 최고의 존칭이 된 것인지 궁금했던 적이 있습니다.

'子'는 짐승의 새끼와 대비해서 '사람의 아들'을 가리키는 말입니다. 아주 옛날, 인간의 영적인 개화가 시작되기 전에는 사람 새끼와 짐승 새끼 사이에 뚜렷이 구별되는 특징이 없었답니다. 그러나 섭리에 따라 인간의 영적인 개화가 진행되면서 동물의 본능적인 본성을 초월하는 인간의 영적인 특성이 나타나기 시작했지요. 그래서 짐승 새끼와 사람의 자식이 구별되기 시작했고, 결국 동물적인 본성을 초월하는 영적인 특성을 멋지게 표현한 사람을 동물적인 본능에 사로잡혀서 짐승과 다를 바 없이 사는 사람들과 구별해서 '사람의 아들(人子, son of man)'이라고 부르게 된 것이지요.

예수께서 스스로를 가리켜 '사람의 아들(人子, son of man)'이라고 했습니다. 성서를 연구하는 사람들은 이 말의 해석을 놓고 아주 어려워합니다. '인자人子'에 대한 해석 문제는 신학 역사에서 삼위일체 문제와 함께 대표적인 논란의 주제이기도 했습니다. 그도 그럴 것이 예수님의 백그라운드라고 할 수 있는 유대교, 중동 지방 종교 전승, 이집트 종교 전승 등 그 어디에서도 '사람의 아들'이라는 말이 무슨 의미를 담고 있는 호칭인지를 명쾌히 설명해 주는 자료를 발견할 수 없기 때문입니다.

물론 에스겔Ezekiel이나 다니엘Daniel같이 하느님과 직접 대면했던 사람들에게 '人子'라는 칭호가 한두 번 사용된 예가 있지만 그것만 가지고는 '人子'라는 호칭에 담겨 있는 내용을 파악하기가 어렵습니다. 그러나 청년 예수의 동방 순례를 염두에 둔다면, 그리고 청년 예수가 고대 중국의 영적인 전통까지도 흡수했다고 본다면, 그가 스스로 자신을 '사람의 아들'이라고 부른 것이 무슨 뜻을 가지고 있는지 어렵지 않게 짐작할 수 있을 것 같습니다.

사족으로, 요즘 영적인 문헌에서 그리스도 의식을 일컫는 말로 'Son of God'이라는 말이 많이 쓰이고 있는데, 하느님이 자기들의 모양과 형상대로 사람을 만들어 놓고 그 사람을 '아담Adam(사람이라는 뜻)'이라고 불렀다는 것을 감안하면, 곧 '사람(아담)'이 하느님의 모양과 형상과 똑같다면 사람Man이라는 말과 하느님God이라는 말은 서로 대치 가능하겠지요. 그렇다면 'Son of God'와 'Son of Man'은 인간의 궁극적인 본성이랄 수 있는 '그리스도 의식Christ Consciousness'을 가리키는 같은 말로 볼 수 있을 겁니다.

일본의 영향을 받아서 우리나라 여자아이 이름에 '子'자를 많이 붙이던 시절이 있었는데, 그들은 물론이고 우리 모두의 이름 뒤에 진짜 '子'자가 붙으면 좋겠다는 생각이 드는군요.

싱긋이 웃으며
퇴장할 수 있다면

한 이슬람 신비가가 궁궐에 나타났다. 꼴은 거지꼴이었지만 내면에서 풍겨 나오는 범상치 않은 기운 때문에, 그가 왕이 앉아 있는 왕좌로 곧장 걸어가는 데도 감히 아무도 제지할 생각을 하지 못했다.

"원하는 게 뭐요?"

왕이 물었다.

"이 여관에서 하룻밤 묵고 가려고 합니다."

"여기는 여관이 아니라 내 왕궁이오."

"왕께서 사시기 전에는 이 왕궁이 누구 것이었습니까?"

"돌아가신 선왕의 것이었소."

"그 전에는 누구 것이었습니까?"

"우리 할아버지요. 물론 그분도 돌아가셨지요."

"그렇다면 사람들이 잠시 머물다 가는 이 집이 여관과 다를 게 무엇입니까?"

이브라힘 벤 아담Ibrahim Ben Adam이라는 이 왕은 이 만남 이후에

성자와 같은 삶을 살았다고 한다.

—『The Prayer of The Frog: Part Two』 중에서

모든 게 꿈이라느니, 모두가 다 마야[幻影]라느니 하는 가르침들이 요즘 말로 하면 모두가 다 가상 현실이라는 말이 아니고 무엇일까요.

옛날 같으면 예수나 석가나 노자나 장자가 말했음직한 이야기들을 이제는 「매트릭스」나 「13층」 같은 영화가 그 메시지를 대신 전해 주고 있을 뿐입니다. 그렇다면 깸awakening이란 가상 현실 게임에 등장한 캐릭터가 게이머와 슬쩍 눈이 마주치는 경험을 말하는 것일지 모릅니다.

다른 차원의 혼들이 지구인에게 접속하여 전해 주는 채널링 메시지에 따르면 지구라는 서커스 장이 은하계에서 서커스 장 역할을 할 시간이 많이 남지 않았다고 합니다.

질서가 완벽해서 늘 똑같은 일이 반복된다면 오래지 않아 지루해질 것입니다. 우주가 그랬답니다. 질서가 완벽한 것까지는 좋은데, 그 완벽한 질서 때문에 우주 여러 별에 사는 혼들이 지루해 죽을 지경이었다고 합니다. 그래서 태양계 3번째 행성인 지구에 서커스 장을 만들고 여기에 들어와서 한바탕 놀playing 지원자를 모집했다고 합니다. 이 소식이 은하계 전체에 퍼졌고, 지루함에 지친 혼들이 너도나도 지원하는 바람에 지구 서커스 장을 책임진 신이 등장 인물을

캐스팅하기 위해 많은 어려움을 겪었다고 합니다.

하여튼 지구 무대에 연기자로 캐스팅된 운 좋은 혼들은 각자 자기가 원하는 역할을 신청했고, 그 역할에 맞는 성격과 기질과 탤런트를 장착하고 자기가 나올 차례에 무대에 등장하여 온갖 재주를 부리며 연기를 합니다.

이게 지구 현실이라는 것입니다. 그런데 믿거나 말거나, 각 등장인물이 무대에 등장하기 전에 내가 이런 성격과 이런 기질과 이런 재능을 갖고 이런 역할을 하겠다고 도장 찍고 내려온 시나리오가 있다는 것입니다. 그리고 지구 무대가 무대로서의 역할을 할 날이 멀지 않았음에도 불구하고 이것이 연극인 줄을 모르고 끝까지 깨어나지 못하는 혼들 때문에, 급기야는 무대 감독이 그 시나리오를 공개했습니다. 일종의 천기누설인 셈인데, 얼마나 급했으면 배우들에게 그 시나리오를 공개해서까지 '너는 지금 연기를 하고 있는 것일 뿐'이라는 사실을 일깨워 주려고 했을까요?

소크라테스가 "너 자신을 알라!"고 한 지 이미 여러 천 년이 지났지만 내가 누구인지를 안 사람이 과연 몇이나 될까요? 그런데 이제는 '이게 너다'라는 맞춤복 정보까지 내려온 마당이니 정신 좀 차려야 하지 않을까요. 이렇게까지 유혹을 해도 무대 밖에서 오는 초정보Hyper-Information에 관심을 두지 않고 언제까지나 네 땅 내 땅하며 땅에 금을 긋고 열쇠 챙기는 일에만 몰두한다면 신도 더 이상은 어찌할 수 없을 것입니다.

이 점에서 천문 해석Astrology이 도움이 될 수 있습니다. 천문 해석은 사람마다 프로그램이 어떻게 다르게 작동하는지, 그래서 어떻게 다르게 인식하고 어떻게 다르게 반응하는지를 알려 주기 때문입니다. 천문 해석은 우리가 현실이라고 인식하는 이 매트릭스에 어떻게 인식하고 반응하는지에 대한 메커니즘을 파악하는 데 도움을 줍니다. 이를테면 우주라는 매트릭스 프로그램을 해킹하는 도구라고 할 수 있을 것입니다.

개성을 구성하는 인간의 세 몸

인간을 육체와 영혼 또는 육체와 정신이 결합된 존재로 설명하기도 하고, 몸과 마음이 결합된 존재로 설명하기도 하며, 영-혼-육이 결합된 존재로 설명하기도 합니다. 어떻게 하든지 인간에 대한 설명이 되기는 하는데, 어떻게 설명할 때든지 꼭 빠지지 않는 육체 또는 몸에 대해서 살펴보려고 합니다. 이어지는 이야기는 신비주의 전통에서 말하는 인간을 구성하고 있는 몸 부분에 대한 일부 설명입니다.

이들의 가르침은 추리와 사변으로 도출한 이론이 아니라, 초감각 곧 보통 사람의 눈에는 보이지 않는 세계를 볼 수 있는 감각이 계발된 영시자靈視者들의 관찰을 통해서 입증된 수많은 사례를 종합한 것입니다. 꿈을 꿀 때 무언가를 보지만 육체의 눈으로 보는 것은 아닙니다. 하지만 분명히 무언가를 보긴 봅니다. 영시자란 그런 눈이 깨어 있는 상태에서도 활성화되어 있는 사람들이라고 보면 될 것 같습니다.

인간에게는 다음과 같은 세 종류의 몸이 있습니다. 이 외에도 멘탈 바디Mental Body, 캐주얼 바디Causal Body 등 더 상위의 몸이 있습니다만, 여기서는 아래의 세 몸에 대해서만 간략히 정리해 보려고 합니다.

덴스 바디Dense Body: 육체, 물질체

물질 곧 화학적인 원소로 구성되어 있는 몸입니다. 케미컬 바디Chemical Body, 피지컬 바디라고도 합니다. 기체 상태, 액체 상태, 고체 상태로 존재하며, 이 몸 안으로는 아무런 생명 작용이 일어나지 않습니다. 사람이 죽으면 남기고 가는 시체가 곧 이 몸입니다.

이 몸은 중력의 영향을 받으며, 고무공을 바닥에 던지면 튀어 오르는 것처럼 모든 물리적인 자극에 수축과 확장 또는 응집과 해체 등의 다양한 물리적 반응을 하지만, 돌멩이나 시체와 마찬가지로 감각, 감정, 의식이 없습니다. 광물계는 이 차원의 몸밖에 없습니다.

우리의 두뇌는 복잡한 회로로 이루어져 있는 단백질 덩어리에 지나지 않습니다. 외부에서 어떤 에너지가 유입되지 않으면 그 자체로는 아무런 기능도 하지 못할 뿐만 아니라 두부가 썩듯이 금방 부패하기 시작할 것입니다. 세포를 계속 새로운 것으로 교체하고, 단백질 덩어리를 썩지 않게 유지시키면서 자기 기능을 발휘하려면 단백질 외부에서 유입되는 어떤 에너지가 있어야만 합니다. 단백질은 스스로 생명 활동을 하지 못하며, 단백질 자체에는 감각, 감정, 의식이 없습니다.

바이탈 바디Vital Body: 생기체生氣體

소화-흡수-배설 작용을 하고 번식 또는 생식 기능이 있는 몸입니다. 생명 활동을 하는 식물, 동물, 인간에게 공통으로 존재하는 몸입니다. 생명의 기운으로 되어 있는 몸이라고 해서 생기체生氣體라고도 합니다. 이 몸의 또 다른 이름은 에테르체Etheric Body입니다. 무엇이 전달되려면 어떤 식으로든지 매체가 있어야 합니다. 생명 활동을 일으키는 에너지가 광물질로 되어 있는 육체에 전달되기 위해서도 매체가 있어야 합니다. 그 매체를 에테르Ether라고 합니다.

에테르는 물리적 차원의 질료가 아닙니다. 하지만 물질체에 생명 에너지가 전달되기 위해서는 꼭 있어야만 되는 그 무엇입니다. 생명 활동을 하는 식물과 동물과 인간에게는 이 에테르로 이루어져 있는 몸이 있습니다. 이 몸을 통해서 생명 에너지가 육체로 전달됩니다. 이 몸은 살아 있는 동안에는, 자는 동안에도 육체와 결합 상태를 유지합니다. 이 몸에는 육체의 모든 기관에 상응하는 기관이 있습니다. 에테르체의 각 기관을 통해서 들어오는 생명 에너지가 육체의 각 기관에 전달됨으로써 육체가 생명 활동을 합니다.

이 몸을 볼 수 있는 눈이 열린 사람들은 이 몸이 육체 밖으로 약간 더 크게 육체를 감싸고 있는 것으로 보인다고 합니다. 물속에 잠겨 있는 스펀지가 물을 가득 머금고 물속에 잠겨 있는 상황과 비교해서, 에테르체로 꽉 차 있는 육체가 에테르체 안에 잠겨 있다고 표현하면 될 듯싶습니다.

에테르체에는 육체의 모든 기관에 상응하는 기관이 있습니다. 당연히 육체의 감각기관에 상응하는 에테르체의 감각기관도 있겠지요. 인간과 동물의 감각 능력은 에테르체의 감각기관이 가지고 있는 능력입니다. 거듭 말하지만 육체 자체는 물질에 지나지 않습니다. 육체의 감각기관은 외부에서 에너지가 공급되지 않으면 스스로 감각을 느낄 수 있는 힘이 없습니다. 식물의 경우에는 에테르체의 이 감각 능력이 아직 미숙한 상태에 머물러 있습니다.

감각 능력이란 어떤 것을 느끼는 힘 또는 느끼는 기능입니다. 이 기능이 작동한 결과를 저는 느낌feeling이라고 합니다. 심리학에서는 제가 말하는 느낌을 지각perception 또는 감각 지각sense perception이라고 하는데, 지각이라는 말에는 작용이 암시되어 있기 때문에 저는 느낌을 지각이라고 하는 것에 동의하지 않습니다.

'정신'이라는 말이 매우 포괄적인 의미로 쓰이고 있는데, 지금 제가 설명하고 있는 시스템에서는 정신 작용은 훨씬 상위 차원의 기능입니다.

에테르체는 소화(배설)하는 힘의 매개체이며, 생식(번식)력의 매개체이고, 느끼게 하는 힘의 매개체입니다. 그리고 마지막으로 에테르체에는 기억하는 힘이 있습니다. 생명체의 모든 활동 상황과 결과가 에테르체에 기억됩니다.

살아 있는 동안에는 기억이 작용할 때 뇌가 함께 작동하기 때문에 기억이 마치 뇌에 저장되는 것처럼 생각할 수 있으나, 죽은 다음에는 뇌에 아무것도 남아 있지 않게 됩니다. 에테르체가 육체에서 분리되면서 에테르체의 기억이 육체와 분리되기 때문입니다. 하지만 에테르체의 기억은 사라지지 않습니다. 한 개체의 기억이 죽은 다음에도 사라지지 않는다는 것은 잘 알려져 있는 사실입니다(이런 것을 설명하려고 시간을 낭비할 필요는 없다고 생각한다).

감각기관이 감각 대상과 접촉할 때 에테르체의 기능이 작용해서 무엇을 느낍니다. 다시 말하지만 감각기관 자체에는 느낄 수 있는 힘이 없습니다. 감각기관 자체는 그저 물질로 구성되어 있는 기관일 뿐입니다. 그 느낌이 상위 차원의 몸인 아스트럴체로 전달될 때 에테르체의 마지막 부분인 기억을 통과합니다. 그때 느낌이 그 느낌과 관련된 기억에 부딪치면서 그 기억과 관련된 감정(emotion, 느낌에서 비롯되는 정情의 변화, 희로애락의 정情의 움직임)을 불러일으키며, 그 감정이 다음 차원의 몸인 아스트럴체 자체 구성 요소인 원판 감정들에게 피드백을 줍니다.

디자이어 바디Desire Body: 감정체感情體

이 몸은 욕구와 감정으로 이루어져 있습니다. 이 몸은 별의 기운으로 이루어져 있는 몸 또는 별의 기운과 연결되어 있는 몸이라고 해서 성기체星氣體, 아스트럴체Astral Body라고도 부릅니다. 이 몸을 구성하는 질료가 감정이기 때문에 감정체感情體, 이모셔널 바디 Emotional Body라고도 합니다.

광물과 식물에게는 이 몸이 없고 동물과 인간에게는 이 몸이 있습니다. 하지만 식물에게 에테르체가 있지만 에테르체의 상위 부분은 활성화되어 있지 않은 것처럼 동물의 아스트럴체는 상위 부분이 활성화되어 있지 않습니다.

욕구는 저급한 욕구도 있고 고상한 욕구도 있는데 동물에게는 그들 사이에서도 차이가 있지만 고상한 욕구가 없습니다. 저급한 욕구는 대개 욕망이라고 하고, 고상한 욕구는 대개 희망 또는 소망 등으로 부르지만 둘 다 욕구인 것만은 사실입니다.

육체가 중력 법칙의 지배를 받듯이, 이 몸은 끌어당기는 힘(끌리는 힘)과 밀쳐 내는 힘(밀쳐 내려고 하는 힘)의 지배를 받습니다. 끌림 attraction과 반감repulsion이 이 몸을 움직이는 두 힘입니다. 우리는 좋아하는 것과 원하는 것에는 끌리고, 싫어하는 것과 원하지 않는 것은 밀쳐 내려고 합니다. 이런 두 힘이 상호 작용하면서 한순간도 동일한 상태를 유지하지 못하고, 순간순간 엄청난 속도로 변화하고 있는 몸이 바로 욕망으로 이루어져 있는 감정체입니다.

아스트럴체에서 일어나고 있는 감정 변화는 끌어당기고 싶은 충동과 밀쳐 내고 싶은 충동을 에테르체에 전달하고, 에테르체는 다시 육체에 그 명령을 전달합니다. 그래서 육체와 에테르체는 아스트럴체에서 오는 충동을 소화하기 위해서 한순간도 쉬지 못하고 중

노동을 하게 됩니다.

감정 변화가 육체에 어떤 충격을 주는지는 쉽게 알 수 있습니다. 감정이 변함에 따라서 심장이 두근거리기도 하고, 열이 나기고 하고, 답답하기도 하고, 경직되기도 합니다. 이런 과부하 상태가 지속되면 에테르체와 육체가 망가지고 맙니다. 그래서 잠이 필요한 것입니다.

자는 동안 침대에는 육체와 에테르체만 남고 아스트럴체가 분리되어 떨어져 나갑니다. 그동안 육체와 에테르체가 피로를 회복하는 것이지요. 꿈에 대한 이야기를 비롯해서 이 과정에 대해서 더 많은 이야기가 필요하겠지만 이 글의 목적이 세 몸이 있다는 이야기를 하자는 것이기에 이 정도로 줄이겠습니다.

우리가 천문 해석을 통해서 탐구하는 것이 바로 아스트럴체에서 일어나는 변화입니다. 물론 그것이 어떻게 생명 에너지의 통로인 에테르체를 자극하고, 결국은 육체 또는 육체 현실에 어떤 영향을 미치는지까지 탐구를 합니다만 그 출발점은 아스트럴체의 변화입니다.

이렇게 정리해 보겠습니다.

1. 우리의 아스트럴체에 10개의 행성과 연결된 10개의 접점이 있다.
2. 행성들로부터 오는 에너지를 수용하는 그 10개의 접점은 저마다 자기가 좋아하고 싫어하는 취향을 가지고 있다(이것이 출생

차트에 표시된 10행성의 싸인).

3. 아스트럴체에 있는 10개의 접점(출생 차트의 10행성)은 서로 맺고 있는 관계에 따라서(어스펙트aspect[행성들이 맺고 있는 각도]에 따라서) 특정 감정의 활성화 상태가 다르다.
4. 아스트럴체에 있는 10개의 접점(출생 차트의 10행성)은 밖에서 운행하고 있는 행성들과 관계를 맺었다 풀었다 하면서 끊임없이 그 감정 상태가 변한다(프로그레션progression 또는 트랜짓transit).
5. 아스트럴체에 있는 10개의 접점(출생 차트의 10행성)은 감각기관이 감각 대상과 만나서 만들어지는 느낌과 그 느낌에 대한 기억으로 인해 생기는 감정의 피드백을 받아서 다시 활성화된다.
6. '아스트럴체 – 에테르체 – 육체'로의 과정과 '육체 – 에테르체 – 아스트럴체'로의 과정이 분리될 수 없이 결합된 상태로 삶이 전개된다.

여기까지는 자동 반응 영역인데, 이것이 계속 반복된다면 자동 반응에서 벗어날 길이 없을 것입니다. 하지만 상태에 따라서 특정한 감정 상태가 되는 것까지는 필연이라 할지라도 그 감정 상태를 현실에서 꼭 실현해야 하는 것인가는 숙제입니다.

비위가 약해서 뭘 잘 먹지 못하고, 그래서 허약하다면 현재 상태에서는 필연입니다. 비위가 약하다는 것은 비장과 위장이 약하다는 것인데, 비장은 에테르체를 통해서 들어오는 생명 에너지가 들어오는 센터와 같은 역할을 하고, 위장은 에테르체의 소화 흡수 기능의 센터이기 때문에 비위가 약하면 당연히 생명 에너지의 활동이 허약할 수밖에 없습니다. 그렇다면 허약한 상태로 평생을 빌빌거리면서 살아야 할까요? 에테르체의 기능을 활성화시키고, 건강한 생명 에너지가 유입되게 하는 방법은 없을까요? 왜 없겠습니까. 당연히 있겠지요.

방법은 나중에 찾더라도, 우선은 육체가 건강하려면 에테르체가 건강해야 되고, 에테르체가 건강하려면 아스트럴체에서 오는 충격이 완화되어야만 한다는 것만은 기억할 필요가 있을 겁니다.

구르지예프의 인간 이해와 '매트릭스' 신화

제가 천문 해석을 공부하면서 확실히 알게 된 사실 중에 하나는, 인간을 포함해서 우주는 정확한 수학적 원리(기하학적 원리 또는 음악적 원리)로 만들어져 있으며, 인간과 우주는 이 원리에 따라 정확하게 움직인다는 겁니다. 우리가 '자유 의지'라는 말을 쉽게 사용하지만, 인간에게 자유 의지가 있다고 하더라도 우주의 수학적 원리에서 결코 벗어나지는 못한다는 겁니다. 자유 의지란 이를테면 어떤 한계 내에서의 한정적인 자유라고 할까요.

인간과 우주를 수학적인(또는 음악적인) 원리로 파악한 대표적인 두 사람을 들라면 저는 피타고라스와 구르지예프를 선택하고 싶습니다. 세 사람을 들라면 데카르트를 포함시키고 싶고요. 이 중에 데카르트는 철학자들이 많이 다루었기 때문에 그 사상이 비교적 널리 알려졌지만, 피타고라스와 구르지예프에 대해서는 별로 알려진 것이 없죠.

구르지예프의 경우 서구 사회에 에니어그램을 소개한 인물 정도로 알고 있는 분도 많을 텐데요, 지금 유행하고 있는 심리 분석 프로그램인 에니어그램은 그의 가르침과는 별로 관련이 없답니다. 물론 그가 우주를 설명하는 구도로 에니어그램을 전해 주었기 때문에 그것으로 인간을 설명하지 못할 이유는 없습니다. 어쨌거나 그는 우주의 영원한 법칙을 에니어그램에서 읽을 수 있고, 무엇이든지 통일성을 완성한 것은 에니어그램이라고 가르쳤답니다.

그가 가르친 에니어그램 안에는 엄청난 수학적인 신비, 음악적인 신비, 화학적인 신비, 그리고 동작(춤)의 신비가 담겨 있지요. 아, 이런 식으로 나가다간 얘기가 끝도 없어질 것 같네요. 거두절미하고, 그가 제시한 인간의 모습을 간략하게 정리해 보면 이렇습니다.

1. 인간은 상황에 따라 반응하는 기계다

자유 의지라는 것은 상황에 따라 자동 반응하는 기계처럼 저절로 생기는 욕구에 지나지 않으며, 의지가 강하다는 것은 욕구가 강하다는 뜻입니다. 그래서 인간이라는 기계를 연구하기 위해서는 심리학이 아니라 기계 역학이 필요합니다. 그러나 인간이 기계이기를 멈추는 것이 가능하며, 그러기 위해서는 먼저 기계를 아는 과정이 선행되어야만 합니다.

인간은 기계이기 때문에 스스로 무엇을 할 수 없습니다. 인간이 무엇을 한다고 하지만 실제로는 하는 것이 아니라 모든 것이 일어나는 것입니다. 느끼고, 생각하고, 말하고, 행동하는 모든 것이 주어지는 조건에 따라 일어나는 것입니다(구르지예프는 여기서 행성들이 서로 주고받는 힘의 영향력이 모든 것을 일어나게 만드는 '외적인 조건'이라고 한다). 인간은 기계이며, 영혼은 모든 인간에게 있는 것이 아닙니다. 영혼은 굉장히 힘든 내적인 수련과 투쟁을 통해서 얻는 화학적인 융해물입니다.

2. 인간에게는 '나'라고 하는 개체성individuality이 없다

한 사람 안에 수없이 많은 '나'가 존재하며, 수없이 많은 '나'(a, b, c, d, e, f …)들이 상황에 따라 그때그때 앞으로 나와 주인 노릇을 합니다. 그래서 a가 주인 노릇하면서 벌여 놓은 일을 후에 b, c, d, e, f 등이 책임을 지고 어려움을 겪게 될 뿐만 아니라 수많은 '나'들 사이에 의견의 일치가 일어나지 않아서 스스로 혼란을 겪습니다.

인간에게는 이렇게 개체성과 통일성이 없기 때문에 불멸성도 없습니다. 영원불멸을 위해서는 통일성을 이룬 개체가 있어야 영원불멸하지 않을까요? 통일성을 이룬 개체가 없다면 '무엇이' 영원불멸한단 말인가요? 기계이기를 멈춘 사람 또는 통일성을 이룬 사람이 되기 전에는 모든 인간의 존재 상태가 기계일 뿐입니다.

제가 구르지예프의 가르침을 처음 접했을 때 받은 충격은 대단했습니다. 어떻게 한 사람이 이렇게 엄청난 폭과 깊이가 있는 가르침을 집대성할 수 있었을까 믿을 수가 없을 정도였습니다. 물론 자기 혼자 한 것이 아니라 진리를 탐구하는 팀이 있었고 구성원 각자가 탐색한 것을 그룹이 만나서 통합한 것이라고 하지만, 저에게는 그게 더 이상해요. 아무튼… 위에 소개한 구르지예프가 제시한 인간의 모습은 인간 탐구의 출발지 모습입니다. 그는 이 출발지 모습을 인정할 수 있어야 목적지를 제시할 수 있고, 가는 방법을 전해 줄 수 있다고 했죠.

감옥에 갇혀 있는 사람이 탈출할 기회를 잡으려면 먼저 자신이 감옥에 갇혀 있다는 사실을 깨달아야 하는 것처럼요. 자기가 갇혀 있다는 생각을 못하고, 자유롭다고 생각하는 한 그에게는 탈출할 수 있는 기회가 주어지지 않겠죠. 그의 이런 인간 상황 분석이 '매트릭스' 신화로 이어진다는 것도 아주 흥미롭지요.

※어떤 사람이 태어난 날, 하늘의 별들이 어디에 있었는지를 2차원 평면에 옮긴 도표를 출생 차트Birth Chart라 하고, 천문 해석Astrology은 그것을 해석하는 작업입니다. 천문 해석은 행성과 별이 인간에게 미치는 영향력을 살펴보는 시스템입니다. 이를 통해 천체의 위치와 지상의 이벤트들 간의 연관성을 확인할 수 있습니다. 천문 해석을 처음 접하는 경우(『출생 차트 해석하기』[스티븐 아로요 저/정창영 역/2021년] 참조) 생경할 수 있지만 영감을 안겨 줄 것입니다. 편집 주

3장

위와 같이 아래도 그러하다

: 천문 해석

영혼의 훈련

> 나는 아무것도 바라지 않는다.
>
> 나는 아무것도 두려워하지 않는다.
>
> 나는 자유다.
>
> — 니코스 카잔차키스의 묘비명

우리에게는 안소니 퀸이 열연한 『희랍인 조르바』의 원작자로 잘 알려진 니코스 카잔차키스Nikos Kazantzakis의 삶을 이보다 더 간결하게 묘사할 수는 없을 듯싶습니다. 이 묘비명은 그의 유언에 따라 새긴 것입니다(그리스의 이라클리온Iraklion에 안장).

그의 삶에 인간 정신이 경험하는 모든 두려움을 극복하고 아무것에도 걸림이 없는 자유인이 되고자 하는 열망이 얼마나 강하게 지속적으로 자리 잡고 있었고, 또 그 과정이 얼마나 치열했으면 묘비명을 이렇게 새기라고 유언을 했을까요?

1957년 니코스 카잔차키스가 죽기 얼마 전 병중에 있는 그를 방문하여 그와 대화를 나눈 알베르트 슈바이처는 이렇게 회상합니다. "니코스 카잔차키스만큼 나에게 감명을 준 사람은 없다. 그의 작품은 깊고 이중적인 가치를 지니고 있다. 그는 이 인간 사회에서 많은 것을 경험했고, 많은 것을 알았고, 많은 것을 산출해 냈다."

파라마한사 요가난다Paramahansa Yogananda(1893-1952. 인도의 수도사, 요기)의 스승 스리 유크테스와르Sri Yukteswar(1855-1936. 인도의 수도사, 요기)는 이런 말을 했습니다. "아이는 자신의 카르마와 별들의 빛이 수학적으로 완벽한 조화를 이루는 날 바로 그 시간에 태어난다. 따라서 태어난 순간의 천체 위치를 도표로 그린 출생 차트는, 변경할 수 없는 그 사람의 과거와 그 사람의 미래 가능성을 보여 주는 자화상이다."

그렇다면 니코스 카잔차키스의 출생 차트가 말하는 그의 모습은 어떨까요? "나는 진흙과 꿈으로 빚어진, 하루살이처럼 덧없고 연약한 피조물"이라고 실존의 허무함을 토로한 그는 1883년 2월 18일 지중해 크레타 섬의 이라클리온(25E, 37N)에서 태어났습니다. 그날은 태양[썬 싸인Sun Sign]이 파이씨즈(물고기자리)로 들어가기 하루 전, 어퀘리어스(물병자리) 마지막 날이었습니다.

데인 러디아르Dane Rudhyar(1895-1985. 20세기의 가장 손꼽히는 천문해석가)의 '사비안 심벌Sabian Symbol'(248쪽 참조. 편집 주) 해석에 따르면 그날(어퀘리어스 30도)은 자기 초월을 추구하는 열정과 열린 마음을 가지고 있는 사람의 능력이 보다 높은 존재 형태와 만나는 날이며, 영혼을 소생시키는 존재 내면의 시詩의 날이자, 영적으로 고양된 감성이 가슴에 빛을 비추는 날입니다.

어퀘리어스와 파이씨즈의 경계선에서 태어난 그의 성격 속에는 자유, 혁명, 지적인 냉철함, 독창성을 특징으로 하는 어퀘리어스의 성격과 꿈, 영적인 비전, 상상력, 직관, 동정심을 특징으로 하는 파이씨즈의 성격이 혼합되어 있었을 것입니다.

달[문 싸인Moon Sign]은 사람의 감정과 무의식을 지배합니다. 니코스 카잔차키스가 태어난 날, 달은 내성적이고 보호하고자 하는 성격과 안전을 추구하는 특성을 가지고 있는 캔서(게자리)에 들어가 있었습니다. 따라서 그가 겉으로는 아무리 치열하게 살았을지라도 그의 내면에는 정서적인 안정에 대한 갈구가 늘 자리 잡고 있었을 것입니다.

그가 태어난 날, 이성과 논리와 지각과 커뮤니케이션을 지배하는 머큐리(수성)는 어퀘리어스에 들어가 있었습니다. 머큐리는 어퀘리어스에 들어가면 그 기능이 강화됩니다. 이렇게 강화된 머큐리의 지각과 표현 기능이 자유, 혁명, 개인주의, 독창성 등을 특징으로 하는 어퀘리어스의 성격을 띠고 표현되는 것은 피할 수 없는 운명이었을까요? 어쨌든 그의 시와 소설은 전형적인 어퀘리어스의 성격을 지니고 있으며, 강화된 머큐리의 기능을 증명이라도 하듯이 그 표현이 강렬합니다.

애정과 미의식을 지배하는 비너스(금성)는 완고하기로 유명한 캐프리컨(염소자리)에 들어가 있었습니다. 캐프리컨의 특성은 절제, 극기, 훈련, 권위주의 등입니다. 비너스가 이런 캐프리컨에 들어갔으니 그의 애정관이나 여자 대하는 태도가 어떠했을지 상상이 가지 않나요?

게다가 절제, 극기, 훈련, 권위주의 등을 지배하는 행성인 쌔턴(토성)이 고집 세기로 유명한 토러스(황소자리)에 들어가 있었습니다. 니코스 카잔차키스는 한때 여자 만나는 것을 상상만 해도 얼굴이 문둥병 환자처럼 허물어지고 진물이 흘러 두 눈만 내놓고 얼굴 전체를 붕대로 칭칭 감고 지낸 적도 있다고 합니다. 심리학자들은 그런 증상을 중세 수도자들에게 가끔 나타나던 성자병聖者病이라고 한다는데, 하여튼 니코스 카잔차키스는 그런 인물이었습니다.

충동, 의지력, 개척 정신 등을 지배하는 마스(화성) 또한 어퀘리어스에 들어가 있었습니다. 그래서 니코스 카잔차키스는 구도자와 같은 열정으로 자유를 향한 혁명적인 몸부림을 친 것일까요?

또 꿈과 비전과 영적인 동경을 지배하는 넵튠(해왕성)과 죽음과 자기 변형을 지배하는 플루토(명왕성)가 끈질기기로 유명한 토러스에 들어가 있었기 때문에 한순간의 휴식도 없이 신과 구원을 향한 투쟁의 행진을 벌인 것일까요?

니코스 카잔차키스의 프로그레스드 썬progressed Sun(운행하고 있는 태양의 위치, 즉 태어난 날의 태양의 위치가 시간이 흐르면서 전진 이동하는데 그에 따라 경험의 장이 바뀐다. 편집 주)은 31세(1913년)까지 파이씨즈에 머뭅니다. 그는 이 기간 동안 프란체스코파 수도원이 운영하는 학교에서 프랑스어와 이탈리아어를 배우며 서구 사상을 접합니다.

아테네에서 대학 과정을 마친 다음에는 파리에 가서 앙리 베르그송Henri-Louis Bergson(1859-1941. 프랑스의 철학자)에게 철학을 배우며 그의 생명 철학에 심취하고, 니체를 읽었습니다. 이 기간 동안 그는 혁명적인 기질을 바탕에 깔고, 몽상가처럼 영적인 자유를 동경하며 방황을 했을지 모릅니다. 이 시기의 환경인 파이씨즈는 주인공을 영적인 직관과 초월적인 분위기로 이끌지만 집중력은 주지 않았을 것이기 때문입니다.

니코스 카잔차키스의 프로그레스드 썬은 1914년부터 30년 동안 개척자적인 모험과 무사와 같은 결연함을 특징으로 하는 에리즈(양자리)를 통과합니다. 이 기간 동안에는 모험과 투쟁을 피할래야 피할 수 없는 환경에 놓이게 됩니다. 그러니 피하려고 하는 것은 어리석은 짓입니다. 아예 선수를 쳐서 자발적으로 모험에 뛰어드는 편이 나을 것입니다.

그는 그랬습니다. 1914년에 친구 시켈리아노스Angelos Sikelianos(1884-1951. 그리스의 시인)와 함께 여자는 물론 암소나 암탉 같은 동물도 접근을 허용하지 않는 규율이 엄격한 아토스Athos산의 여러 수도원을 방문했습니다. 그 기간 동안 친구와 함께 단테와 복음서와 붓다를 읽으며 새로운 종교를 설립할 꿈을 꾸기도 했습니다.

그의 태양이 에리즈를 통과하는 동안 아테네 대학 시절과 파리에서 공부하는 동안에 관심을 가졌던 니체의 철학에 정열을 바치기도 했으며, 니체의 발자취를 더듬으며 순례자처럼 독일과 스위스를 여행하기도 했습니다(1917년). 붓다에게서 니체의 초인의 궁극적인 이상을 발견한 다음에는 붓다에게 미치고, 레닌의 사상에 경도되어 붓다를 멀리하고, 『오디세이』의 영웅주의에 심취하면서는 레닌도 버립니다. 광산 노동자 조지 조르바를 만나(1917년), 크레타 섬의 작열하는 태양처럼 타오르는 그의 정열적인 모습에 깊은 인상을 받고 그 경험을 토대로 『희랍인 조르바』라는 소설을 쓴 것도 이 시기입니다(1941-1943년).

'자유'라는 화두를 들고 60년 가까운 짧지 않은 세월을 정신적인 투쟁과 모험으로 일관한 카잔차키스는 자신의 자전적 영웅 오디세우스의 입을 빌려 이렇게 말합니다. "자유란 심연의 검은 두 눈을, 고향에 온 듯이 즐겁고 용감하게 응시하는 것"이라고.

카잔차키스의 이런 태도를 '영웅적인 패배주의'라고 하는 이도 있고 '디오니소스적인 허무주의'라고 하는 이도 있습니다. 하지만 그는 니체의 짜라투스트라에게 "상상의 세계로 도피해 날아 들어가지 않고, 존재의 피할 수 없는 고통과 불행을 견딜 수 있는 힘과 고귀한 품성을 키우는 삶만이 살 가치가 있다"는 것을 배웠습니다. 그는 규정된 관념에 편안하게 머무는 것을 거부하고, 자유를 찾아 끝없는 모험의 길을 떠납니다. 마치 『구약 성서』의 아브라함이 신의 명령에 따라 목적지도 모르면서 고향을 떠났던 것처럼 말입니다.

니코스 카잔차키스는 말합니다. "어두운 심연에서 와서 어두운 심연으로 돌아가는 우리는, 그 두 심연 사이에서 반짝하는 것을 삶이라고 부른다."(『신을 구원하는 자들: 영혼의 훈련The Saviors of God: Spiritual Exercises』 중에서)

행성 에너지의 입력과 출력

보통 천문 해석에서 행성은 기능 위주로 설명합니다. 하지만 행성은 기능뿐만 아니라 욕구도 보여 줍니다. 비너스를 예로 들자면, 가치 있고 아름다운 것을 추구하는 욕구와 자기가 가치 있고 아름답게 여기는 모습을 표현하는 기능으로 구별됩니다.

욕구는 비너스 에너지의 입력과 관련되어 있다고 볼 수 있는데 욕구가 충족되면, 다시 말해서 원하는 비너스 에너지가 입력되면 만족하게 됩니다. 무식하게 표현하자면 자기가 좋아하는 사람이나 좋아하는 것을 차지하면 만족한다는 뜻입니다.

반면에 기능은 에너지의 출력과 관련되어 있다고 볼 수 있습니다. 자기가 원하는 에너지를 표현하는 기능 또는 표현하는 능력과 관련된 사항입니다. 자기가 원하는 만큼 행성 에너지를 표현하면, 다시 말해서 원하는 행성 에너지를 출력하면 만족하게 됩니다. 이 또한 비너스를 예로 들어서 무식하게 표현하자면 아름답고 우아하게 보이고자 하는 모습을 충분히 표현하면, 또는 자기가 가치 있고 아름답다고 여기는 것들로 주변을 치장하면 만족한다는 뜻입니다.

입출력이 서로 엉켜 있어서 구분하기 쉽지 않은 경우도 많습니다. 하지만 분명한 차이가 있다는 것을 전제로 여러 상황을 대조해 가면서 탐구하다 보면 그 윤곽이 선명하게 드러날 것입니다.

옥타브 – 옥타브 – 옥타브, 모든 것이 옥타브?

8도 음정을 일컫는 옥타브octave는 그리스어로 8을 뜻하는 옥타드octad에서 비롯된 말인데, 피타고라스가 처음 발견하여 '옥타브'라고 이름을 붙였다고 전해집니다. 피타고라스는 현의 길이에 따라 음이 규칙적으로 변한다는 것을 발견했는데, 예를 들어서 '도' 음에 해당하는 진동을 하는 현의 길이를 반으로 줄이면 진동수가 정확하게 2배가 되면서 한 옥타브 높은 '도' 음이 나옵니다.

이렇게 어떤 음과 그 음의 진동수의 2배가 되는 음까지를 한 옥타브라고 합니다. 그런데 음은 '도레미파솔라시' 7개뿐인데 그 다음 '도'까지 포함해서 옥타브라고 부르는 것이 이상하지요. 음은 7개지만 '도'에서 시작한 음이 '시'에서 끝나면 '시'와 '도' 사이에 공백이 생기기 때문에, 다음 '도'까지 가야만 하나의 음계가 완성됩니다. 완성된 '도'는 다시 다음 사이클의 시작이 됩니다. 8(완성)이 곧 새로운 시작(1)이 됩니다.

도1 레2 미3 파4 솔5 라6 시7 도8(1) 레(2) 미(3) 파(4) …

빛

빛의 스펙트럼도 비슷하다고 할 수 있습니다. '빨주노초파남보' 순으로 진동수가 점점 높아지는데 보라색 다음은 눈으로 볼 수 없지만, 분명히 한 옥타브 높은 빨강색일 것이 분명합니다. 빨강이 시작되는 지점의 진동수가 '4×10의 14승 사이클/초'이고, 보라가 끝나는 지점의 진동수가 '8×10의 14승 사이클/초'입니다. 가시광선이 끝나는 지점의 진동수가 시작하는 지점의 진동수에 정확히 2배가 되어 옥타브를 형성하고 있습니다. 이렇게 빛의 스펙트럼에서도 8이 새로운 시작(1)이 됩니다.

세포 분열

1개의 세포가 원래의 세포와 동일한 세포 2개로 분열하는 것을 유사 분열이라고 합니다 이 과정 또한 정확하게 8번째 단계에 이르러서 분열을 시작하던 처음 단계의 세포와 똑같은 세포가 두 개 형성됩니다.(유사 분열이 6단계를 거친다고 설명하는 생물학 책이 많은데, 그건 이를테면 '도'에서 '도' 사이에 '레미파솔라시' 6개의 음이 있다는 것과 같은 설명이다.) 그리고 또 다시 8번째 단계에 이르면 2개가 4개가 되고, 4개가 8개가 되고, 이렇게 64개가 될 때까지 유사 분열을 계속합니다. 64개로 분열한 이후에는 동일한 세포 128개로 분열하는 것이 아니라 서로 다른 기관으로 분화가 진행된다고 합니다.

주역

우주의 변화 원리를 설명하고 있다고 알려진 주역이 8괘를 기본으로 64괘로 이루어진 것은 누구나 다 알고 있습니다. 양陽의 상징인 긴 작대기 3개를 합쳐 놓은 '건乾'(☰)부터 음陰의 상징인 잘라진 작대기 3개를 겹쳐 놓은 '곤坤'(☷)까지 8괘가 있습니다. 마지막 8번째 괘인 '곤'은 1번째 괘인 '건'이 정확하게 둘로 유사 분열을 한 모습입니다. '건'을 남자라고 한다면 '곤'은 여자에 해당하는데, '건'과 '곤'이 상징하는 남자와 여자가 정확하게 '한 옥타브 차이가 나는 동질의 물건'이라는 암시라고 볼 수도 있겠습니다. 일반적으로 남자의 음역과 여자의 음역이 한 옥타브 차이가 있습니다. 어쨌거나 주역은 8괘를 둘씩 조합해서 순서에 따라 64괘를 만들고 그것으로 우주의 모든 변화의 이치를 설명하는데, 64라는 수는 8이 8번 반복된 것이기 때문에 우주의 1주기에 해당하는 1옥타브가 8번 반복하여 우주의 주기마저 완성에 이른 모습을 보여 주고 있다고 하겠습니다.

DNA

유전자의 정보는 DNA 위에 C · T · G · A 4개의 문자로 씌어 있는데(C-시토신cytosine, T-티민thymine, G-구아닌guanine, A-아데닌adenine) 이 4개의 문자가 3개씩 한 세트로 결합하여 하나의 코돈codon을 만듭니다. 그 코돈이 단백질을 생성하는 유전 암호의 기본 단위입니다. 따라서 4가지 염기로부터 얻어지는 코돈의 가짓수는 4×4×4=

64, 해서 총 64종류의 코돈 곧 DNA는 64개의 유전 단어로 이루어져 있다는 뜻입니다.

달

천문 해석은 7개(또는 10개나 그 이상)의 행성과 12싸인을 기본으로 하고 있지만, 아주 중요한 문 페이즈moon phase인 뉴 문New Moon에서 뉴 문 사이의 달의 양상은 다음과 같이 8가지로 구분합니다.(천문 해석에서 문 페이즈의 의미는 236쪽 참조. 편집 주)

달이 하는 역할이 많지만 가장 중요한 것은 차고 기울기를 반복하면서 변화를 주도해 나간다는 것입니다. 그래서 변화를 주도하는

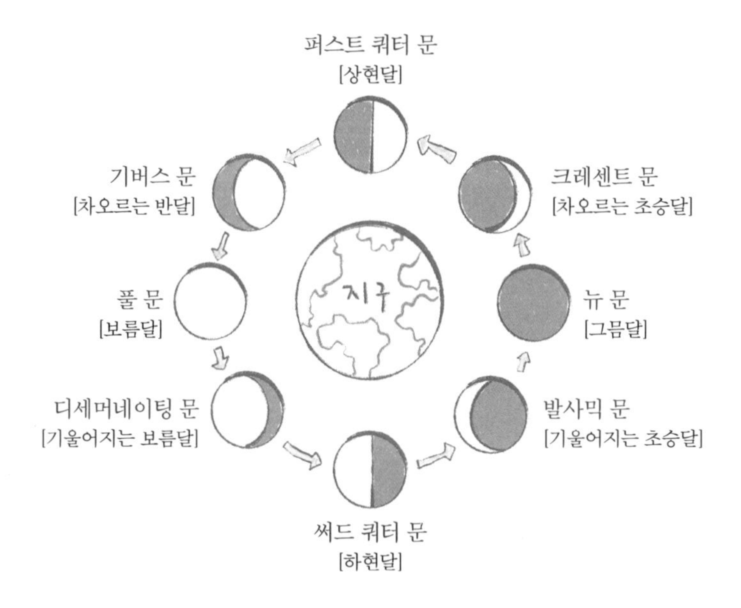

달의 변화를 8단계(1옥타브)로 나눠서 설명한다는 것은 아주 멋있는 해석 원리라고 할 수 있습니다.

주기율표

'원소의 주기율표'라는 것이 있습니다. 과학자들이 수소에서 우라늄에 이르기까지 천연에서 산출되는 92종의 원소를 성질에 따라 도표로 만들어 놓은 것입니다. 성질이 비슷한 원소를 수직으로 배열하고 그것을 족族이라고 부릅니다. 그리고 성질이 변해 가는 수평 방향의 줄도 만들었는데, 수평 방향으로 배열된 원소들은 자기보다 한 칸 왼쪽에 있는 원소보다 전자를 하나 더 가졌습니다. 수평 방향으로는 1족부터 8족까지 두 번 배열되어 있습니다. 그런데 왜 8족까지밖에 없냐는 것이 중요합니다. 원자들의 성질이 8번째마다 주기적으로 반복되기 때문입니다. 그렇게 비슷한 성질이 8번째마다 반복되는 이유는 원자의 가장 바깥쪽 궤도를 도는 전자(이것을 최외곽 전자라고 하는데)의 수가 1개에서 8개 사이이기 때문입니다.

최외곽 전자가 9개인 원소는 없습니다. 원자들은 서로 합쳤을 때 최외곽 전자의 수가 8개가 될 수 있는 것끼리 결합하려는 성질을 갖고 있습니다. 예를 들어 수소는 전자의 수가 1개인데 수소 원자 둘이 전자의 수가 6개인 산소와 결합하여 물H_2O이 됨으로써 (최외곽) 전자의 수를 8로 채웁니다. 원소 주기율표의 맨 오른쪽 기둥에 배치된 원소들은 최외곽 전자의 수가 8개이기 때문에 다른 것들

1 IA	2 IIA	3 IIIB	4 IVB	5 VB	6 VIB	7 VIIB	8 VIIIB	9 VIIIB	10 VIIIB	11 IB	12 IIB	13 IIIA	14 IVA	15 VA	16 VIA	17 VIIA	18 VIIIA
1 H																	2 He
3 Li	4 Be											5 B	6 C	7 N	8 O	9 F	10 Ne
11 Na	12 Mg											13 Al	14 Si	15 P	16 S	17 Cl	18 Ar
19 K	20 Ca	21 Sc	22 Ti	23 V	24 Cr	25 Mn	26 Fe	27 Co	28 Ni	29 Cu	30 Zn	31 Ga	32 Ge	33 As	34 Se	35 Br	36 Kr
37 Rb	38 Sr	39 Y	40 Zr	41 Nb	42 Mo	43 Tc	44 Ru	45 Rh	46 Pd	47 Ag	48 Cd	49 In	50 Sn	51 Sb	52 Te	53 I	54 Xe
55 Cs	56 Ba	57-71	72 Hf	73 Ta	74 W	75 Re	76 Os	77 Ir	78 Pt	79 Au	80 Hg	81 Tl	82 Pd	83 Bi	84 Po	85 At	86 Rn
87 Fr	88 Ra	89-103	104 Rf	105 Db	106 Sg	107 Bh	108 Hs	109 Mt	110 Ds	111 Rg	112 Cn	113 Nh	114 Fl	115 Mc	116 Lv	117 Ts	118 Og

57 La	58 Ce	59 Pr	60 Nd	61 Pm	62 Sm	63 Eu	64 Gd	65 Tb	66 Dy	67 Ho	68 Er	69 Tm	70 Yb	71 Lu
89 Ac	90 Th	91 Pa	92 U	93 Np	94 Pu	95 Am	96 Cm	97 Bk	98 Cf	99 Es	100 Fm	101 Md	102 No	103 Lr

주기율표(맨 윗줄 I, II, III, IV … 등이 족 표시)

과 결합하려고 하지 않습니다. 그래서 비활성 기체 또는 불활성 원소라고 부르지요. 이렇게 원자의 세계에도 옥타브의 원리가 작용하고 있습니다.

태양계

지구에서 경험하는 눈에 보이는 태양계도 옥타브의 원리로 구성되어 있습니다. 문Moon, 마스Mars, 머큐리Mercury, 주피터Jupiter, 비너스Venus, 쌔턴Saturn, 썬Sun이 7개 음의 역할을 하면서 완벽하게 옥타브를 구성합니다. 또 이들 행성이 각 요일을 지배하기 때문에 1주일

단위 시간이 이 매트릭스를 지배합니다. 썬이 지배하는 일요일(제1일 = 음악에서 '도'에 해당함)에서 시작해서 쌔턴이 지배하는 토요일(제7일)을 거쳐서 썬이 지배하는 다음 일요일(제8일 = 새로운 주간의 제1일)까지 정확하게 옥타브의 원리에 따라 요일이 진행합니다. 예수님이 안식 후 첫날 부활하셨다고 하는데, 토요일이 안식일이기 때문에 일요일(제8일)에 부활하셨다는 뜻입니다(그래서 기독교인들은 일요일에 예배를 드린다). 한 시대가 완성되고 새로운 시대의 시작을 알리는 멋진 징표가 될 듯싶습니다.

차크라

인체에 7개의 차크라가 있다고 하지요. 그래서 인체가 완전한 옥타브를 형성하려면 1번째 차크라 아래든지 7번째 차크라 위에 차크라 하나가 더 있어야 하는데, 아래에 있는 차크라와 연결해서 옥타브를 완성하면 동물이 될 테고 위에 있는 차크라와 연결해서 옥타브를 완성하면 신성에 이르는 것일까요?

아무튼 우주가 왜 이렇게 옥타브로 이루어져 있는가를 묻는 것은 우리가 할 수 있는 질문이 아닌 것 같습니다. 만든 분이 그렇게 만든 것일 테니까요. 다만 우리는 우주가 이렇게 옥타브의 원리로 만들어져 있고 옥타브의 원리에 따라 운행하고 있다는 것을 알고, 이 원리에 순응하는 지혜가 필요한 것이 아닐까요?

8자를 옆으로 눕어 놓으면 무한대 표시가 됩니다. 무한대 표시를 처음 만든 사람이나 모든 사람이 그것을 무한대 표시로 받아들인 것은 8이 영원한 옥타브의 순환과 관련된 것을 사람들이 무의식적으로 알고 있었기 때문이 아닐까요?

또한 『도덕경』에 영원한 도道를 묘사하는 말 중에 검은 현玄자가 있는데 이 글자도 휘갈겨 쓰면 8자와 아주 비슷해지지요. DNA 모습도 8자가 계속 연결된 형상이네요.

하늘의 두 CEO 1

천문 해석에서 썬과 문을 루미너리Luminary라고 부름으로써 다른 행성들과 구분하는 전통이 있지만, 일반적으로 그냥 행성으로 취급하는 경향이 많습니다. 물론 썬 싸인과 문 싸인의 중요성을 강조하기는 합니다. 하지만 썬과 문은 결코 다른 행성들과 동급이 아니며, 강조하는 정도만으로는 그 중요성을 설명할 수 없습니다.

현상계는 양陽 에너지와 음陰 에너지의 대칭 또는 통합으로 이루어져 있습니다. 양 에너지는 출력을 담당하고, 음 에너지는 입력을 담당합니다. 지구 입장에서 볼 때 썬과 문은 태양계 전체의 양 에너지와 음 에너지의 상징으로 작용합니다. 태양계 전체의 출력 에너지는 썬이 담당하고 입력 에너지는 문이 담당합니다.

출생 차트에서 볼 수 있는 우리 내면의 썬과 문 역시 출력 담당 CEO, 입력 담당 CEO 역할을 합니다. 행성들은 출력 담당 CEO인 썬의 명령을 받고 자기 역할을 수행합니다. 물론 그 역할을 수행할 때 행성들의 싸인이 보여 주는 자기 기질을 발휘하지만 그가 하려고 하는 것은 결국 출력 담당 CEO인 썬의 명령입니다.

썬 파이씨즈, 머큐리 어퀘리어스인 경우를 예로 들어 보겠습니다. 어퀘리어스 머큐리는 자기가 담당하는 커뮤니케이션 영역에서 어퀘리어스답게 전통에 구애받지 않고 독창적이고 합리적이고 과학적인 방식으로 자신의 역할을 수행하려고 할 것입니다. 하지만 커뮤니케이션 영역에서 어퀘리어스다운 행동 양식으로 에너지를 출력하여 그가 성취하려는 것은 출력 담당 CEO인 파이씨즈 썬의 명령입니다.

어퀘리어스 머큐리는 파이씨즈 썬의 명령을 성취하기 위해서 노력하는 커뮤니케이션 담당 에이전트인 셈입니다. 그래서 머큐리 기능이 아무리 어퀘리어스처럼 표현된다고 할지라도, 그가 성취하려는 것은 결국 파이씨즈 썬의 이상이라고 할 수 있습니다. 다른 행성들의 경우도 마찬가지입니다. 행성들이 각자 자기 기질로 자신이 담당한 영역에서 활동하면서 파이씨즈 썬의 이상을 실현할 때 썬은 활력이 솟습니다. 한 마디로 살맛이 나고 사는 보람을 느끼며 자신감이 넘치게 됩니다.

문은 입력 담당 CEO 역할을 합니다. 행성들은 자신들이 담당한 영역에서 자신의 기질로 에너지를 출력할 뿐만 아니라, 출력 결과에 따른 피드백을 받기도 하고 자신의 욕구를 충족시키기 위해서 에너지를 받아들이기도 합니다.

행성들의 이런 입력 에너지를 입력 담당 CEO인 문이 총괄해서 입력에 대한 최종적인 반응을 결정합니다. 입력 에너지에 대한 문의 반응은 기본적으로 감정과 기분 변화로 나타납니다.

문 토러스, 머큐리 어퀘리어스인 경우를 예로 들어 보겠습니다. 어퀘리어스 머큐리는 자기가 담당하는 커뮤니케이션 영역에서 어퀘리어스답게 전통에 구애받지 않고 독창적이고 합리적이고 과학적인 방식으로 자신의 역할을 수행하면서 긍정과 부정을 포함한 다양한 피드백을 받을 것입니다. 하지만 아무리 긍정적인 피드백을 받더라도 토러스 문의 요구에 어울리지 않게 요란스럽거나 현실적으로 전혀 도움이 되지 않는다면 전체적인 기분과 감정은 불편해집니다. 이처럼 어퀘리어스 머큐리에게는 전혀 문제가 되지 않는, 아니 어떤 경우에는 어케리어스 머큐리가 선호하는 입력 에너지에 대해서도 문의 요구에 충족되지 못하면 감정과 기분이 상하는 반응이 일어납니다. 다른 행성들의 경우도 마찬가지입니다.

이처럼 문은 모든 입력에 대한 최종적인 반응을 결정하는 입력 담당 CEO입니다. 다른 행성들은 입력과 관련해서는 입력 담당 CEO인 문의 에이전트들입니다. 에이전트인 행성들이 받아들이는 또는 받아들이려고 하는 에너지가 문의 요구와 충돌하면 기분이 상하거나 감정이 혼란스러워집니다. 입력 담당 CEO인 문의 요구와 잘 어울리는 에이전트도 있고, 번번이 입력 담당 CEO의 뜻에 거슬리는 에너지를 끌고 들어오는 골칫덩어리 에이전트도 있을 수 있습니다. 에이전트 역할을 하는 이런 행성들이 문을 자극하고 문이 기분과 감정으로 최종적인 반응을 합니다. 따라서 에이전트들이 감정 단추를

클릭하고, 그 클릭에 무엇을 출력할 것인지는 문이 결정한다고 말할 수 있습니다. 에이전트인 각 행성들도 나름대로 개별적인 의지와 감정이 있고, 썬은 그들의 활동 방향을 지시하고 문은 모든 에이전트들이 개별적으로 입력하는 정보를 총괄해서 총체적으로 반응한다고 보면 될 것 같습니다.

재미있는 것은 썬과 문 두 CEO끼리도 마음이 맞지 않는 경우가 많고, 모든 에이전트가 두 CEO의 요구에 잘 순응하는 경우는 없다는 것입니다. 그래서 어떤 선택 앞에서 이것을 할까 저것을 할까 갈등을 겪으며 고민하게 되고, 이 부분이 만족스러우면 저 부분이 만족스럽지 못하고, 저 부분이 만족스러우면 이 부분이 만족스럽지 못한 경험을 하게 됩니다. 이것이 썬과 문과 행성들 사이의 욕구 충돌입니다. 하지만 만약 썬과 문과 모든 행성이 혼연일체-일심동체라면 굳이 다양하게 분화될 필요도 없었을 것이고, 우주는 동력을 잃고 정체 상태에서 깨어나지 못했을 겁니다.

무엇을 하고 싶을 때, 그 욕구가 썬의 욕구인지 문의 욕구인지 아니면 다른 어떤 행성의 욕구인지를 분별해 보는 연습을 하면 어떤 선택 앞에서 우선순위를 정하기가 훨씬 쉬워질 것입니다. 일반적으로는 다른 행성들의 욕구보다 썬의 욕구를 따르면 덜 후회하게 되고, 문의 욕구에 따르면 감정 상태가 편안해지고 기분이 좋아집니다. 그런데 만약 썬과 문의 욕구가 다르다면 그땐 어느 쪽을 따라야 할까요?

하늘의 두 CEO 2

성장 위계

자연계에는 어디에나 성장 위계가 있습니다. 자연계의 만물은 일반적으로 원자에서 분자로, 분자에서 세포로, 세포에서 유기체로 위계적으로 전개됩니다. 성장 위계는 언제나 이전 단계를 품고 그것을 초월하여 다음 단계로 전개하는, '품고 올라가는 위계nested hierarchy'입니다. 원자는 쿼크를 포함하고 그것을 초월합니다. 분자는 원자를 포함하고 그것을 초월합니다. 세포는 분자를 포함하고 그것을 초월합니다. 유기체는 세포를 포함하고 그것을 초월합니다. 이런 식으로 전개되는 것이 품고 올라가는 성장 위계입니다.

성장 위계에서는 상위 수준이 하위 수준을 억압하지 않고, 오히려 그것을 품습니다! 성장 위계는 점점 더 높이 올라가는 위계입니다. 상위로 올라갈수록 관심, 의식, 인지, 도덕성 능력이 증대되기 때문입니다. 성장은 이전 단계를 품고 전개되는 발달입니다.

매슬로의 욕구 위계

아브라함 매슬로Abraham Maslow(1908-1970. 미국의 심리학자)는 '욕구의 위계Heirarchy of Needs'를 도표로 표현했습니다. 이는 사람의 욕구가 순차적으로 발달한다는 것을 보여 줍니다. 아래 차원의 욕구가 충족되면 다음 차원의 욕구가 출현합니다.

매슬로가 제시하는 '생리적 욕구'는 아주 단순합니다. 음식과 은신처와 생물학적으로 기본적으로 필요한 것에 대한 욕구가 그것입니다(생리적 욕구Physiological Needs). 이 욕구가 충족되면, 자아에 대한 감각이 생기면서 자기를 보호하고 안전을 확보하려는 욕구가 생깁니다(안전성 욕구Safety Needs). 이 욕구가 충족되면, 단지 안전함뿐만 아니라 소속되고 싶은 욕구가 생깁니다(소속감 욕구Belonging Needs). 소속되고 싶은 욕구도 충족되면, 자기 가치를 인정받고 싶은 새로운 욕구가 생깁니다(자기-존중 욕구Esteem Needs). 이런 욕구들이 충족되면, 매슬로가 자아실현 욕구라고 부른 더 높은 욕구가 생깁니다(자아실현 욕구Self-Actualization Needs).

이 욕구마저 충족되면, 도표에는 표시되어 있지 않지만 자아를 초월하고 싶은 욕구가 출현합니다(자아-초월 욕구Transcendence Needs). 자아-초월 욕구는 더 높은 관심과 의식의 물결 속으로 더 깊이 들어가고자 하는 욕구이며, 여기서부터 자아를 초월한 여행 또는 영적인 여행이 시작됩니다.

욕구 위계를 담당하는 행성들

생리적 욕구와 안전성 욕구는 주로 마스가 담당합니다. 소속감 욕구는 익숙한 환경 차원에서는 주로 비너스가 담당하고, 익숙하지 않은 환경 차원에서는 주로 주피터가 담당합니다. 자기-존중 욕구는 주로 쌔턴이 담당합니다. 자아실현 욕구는 썬의 욕구입니다. 머큐리는 각 욕구의 단계에서 필요한 자원을 적절히 활용할 수 있도록 정보를 연결하고 처리하는 역할을 합니다. 각 단계의 욕구 실현을 위해서 에너지를 발산하면 그 에너지와 외부의 에너지가 만나면서 조화를 이루기도 하고 충돌하기도 합니다. 문은 그 피드백을 종합적으로 처리하여 반응합니다.

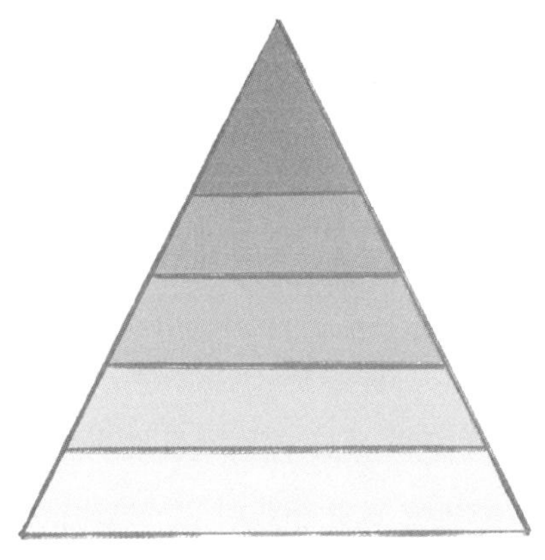

욕구 위계와 담당 행성

유기체 안에 세포와 분자가 포함되어 있듯이, 썬의 욕구에는 모든 하위 단계의 욕구가 포함되어 있습니다. 따라서 하위 단계의 욕구를 무시하거나 억압하는 것으로는 썬의 욕구를 충족시킬 수 없습니다. 하위 차원의 욕구가 충족되지 못하면, 의식의 초점이 그 결핍감으로 쏠립니다. 따라서 하위 차원의 욕구도 어느 정도는 보살필 필요가 있습니다.

중요한 것은 욕구의 초점이 어디에 있느냐입니다. 다시 말해서 어느 차원의 욕구 실현에 의식을 집중하느냐입니다. 상식적인 결론은 하위 차원의 욕구를 무시하지 않지만 거기에 초점을 두지 않고 의식은 상위 차원에 집중하는 것이 바람직하다는 것입니다. 이것이 썬과 다른 행성과의 관계에 대한 필자의 생각입니다.

이제 문에 대해서 생각해 봅시다. 행성들의 활동 결과로 따라오는 피드백을 문이 처리합니다. 문은 복합적인 다양한 상황을 종합해서 기분 좋고 편안하게 느끼기도 하고, 기분 나쁘고 불편하게 느끼기도 합니다. 그리고 순간적으로 자동 반응하게 합니다.

어떤 상황을 기분 좋게 받아들이거나 기분 나쁘게 받아들이는 것은 그와 유사한 상황에 대한 과거의 경험 또는 기억에서 비롯됩니다. 비슷한 상황에 대한 경험이나 기억이 전혀 없다면 그 상황이 기분 좋거나 나쁠 이유가 없을 것입니다. 전생에서 가지고 온 기억이든지 이생에서 경험한 기억이든지 좌우지간 기억이 반응을 하게 만드는 것입니다.

어쨌든지 지금 당장 문의 욕구를 무시하면 불편하고 찜찜해서 즐겁게 살기가 어렵습니다. 따라서 지금 당장 문의 욕구를 무시하고 억압하는 것은 권장 사항이 아닙니다. 문의 욕구도 품고 가면서 어느 정도는 충족시켜 줘야 합니다. 하지만 문의 욕구와 반응이 과거의 기억에서 비롯되는 자동 반응이라면 현재를 '있는 그대로' 경험하지 못하게 하는 장애물이라고 할 수 있습니다. 따라서 자연 상태의 문의 욕구만을 따르면 과거의 기억을 계속 강화하면서 자동 반응하는 기계 상태를 면할 수 없습니다. 선택은 각자의 몫입니다.

이런 상황을 생각해 봅시다. 친구들과 술 마시면서 즐겁게 노는 것이 즐겁습니다. 그런데 해야 할 일이 있습니다. 해야 할 일을 잠시 무시하고 친구들과 즐거운 시간을 보낼 수는 있습니다. 하지만 친구들과 노는 것이 즐겁다고 할 일을 하지 않고 날이면 날마다 그 즐거움만을 찾는다면, 즐기는 중에도 마음 한구석에는 늘 할 일을 하지 못한 것에 대한 찜찜함이 있을 것입니다.

즐겁지만 충분히 즐겁고 편하지 않은 것입니다. 하지만 어느 순간 친구들과 즐기는 것을 접고 한동안 할 일에 전념한다면, 당장 즐기지 못하는 아쉬움은 있겠지만 마음속 깊은 곳에는 뿌듯함이 있을 것입니다. 전체적으로 만족스러운 것입니다. 썬의 욕구와 문의 욕구 관계가 이와 비슷하지 않을까 싶습니다. 가끔 문의 욕구도 흠씬 충족시켜 줄 필요가 있지만, 전체적으로 썬의 이상을 실현할 때 문도 최상의 만족 상태에 도달하는 것이 아닐까요?

비너스의 개별성,
문의 총체성

많은 사람들이 문과 비너스가 감정과 관련되어 있다고 설명하는데, 틀린 말은 아니지만 감정과 관련해서 문과 비너스를 이렇게 동일 평면에 놓으면 두 행성의 기능과 욕구를 구분하기 어렵습니다. 먼저 느낌feeling과 감정emotion의 차이를 알아야 할 것 같습니다. 느낌은 말 그대로 어떤 판단도 개입되지 않은 감각 정보라고 할 수 있습니다. 차갑다, 뜨겁다, 시원하다, 덥다, 축축하다, 뽀송뽀송하다, 부드럽다, 거칠다, 시끄럽다 등등.

예를 들면 시끄러운 음악이 울려 퍼지는 카페에 들어갔다고 칩시다. 일단 시끄럽다는 것을 느낍니다. 여기까지가 느낌입니다. 그런데 시끄러워서 싫을 수도 있고 반대로 시끄러워서 신날 수도 있습니다. 싫다 좋다는 판단이 일어난 것이지요. 판단이 일어나면서 감정이 생깁니다. 싫다 좋다는 판단은 기억하거나 기억하지 못하는 과거 경험에서 비롯되고, 그것이 감정을 불러일으킵니다.

빗나가는 이야기지만 도인들은 판단과 감정 개입이 없는 느낌 차원에 사는 연습을 합니다. 그래서 과거로부터 자유로운 현재를 살려고 하는 것이지요. 추우면 추운가 보다, 더우면 그저 더운가 보다, 짜면 짠가 보다… 느끼지만 감정 곧 과거가 개입되지 않는 삶을 살려고 하는 것이지요.

처음 만나는 사람과 약속을 하고 어떤 카페에 갔다고 합시다. 카페 분위기가 들어가는 입구부터 아주 마음에 듭니다. 의자도 편안합니다. 서빙하는 분들도 밝고 경쾌해 보입니다. 기분이 좋습니다. 그런데 뒤늦게 들어온 약속한 사람과 대화를 하다 보니 그 사람 아주 속물이고 구역질이 날 정도로 거부감이 생깁니다. 이쯤 되면 카페 분위기가 아무리 좋고 앉아 있는 의자가 아무리 편안해도 몸이 불편하고 기분은 정말 엉망이 되겠죠. 여기에 문과 비너스의 욕구와 기능 차이가 있습니다.

비너스는 개별적으로 좋고 싫음을 판단하고 감정을 일으킵니다. 카페 분위기가 좋아서 기분 좋다, 저 사람 속물이라서 싫다, 비너스는 이렇게 '개별적으로 판단하고' 그에 해당하는 각각의 감정을 불러일으킵니다. 하지만 문은 좋고 싫은 것이 섞여 있는 상황 전체를 '총체적으로 파악해서' 기분을 엉망으로 만들기도 하고, 기분 좋고 편안하게 느끼도록 합니다.

상황 전체를 총체적으로 파악해서 반응하는 문의 이런 순간적인 기능에는 의식이 개입할 여지가 없습니다. 의식이 개입하기 전에 이미 느껴 버리는 것이지요. 의식은 나중에 자기가 그런 느낌이었음을 압니다. 그래서 문을 어떤 상황에 대한 본능적인 반응이나 무의식적인 습관을 보여 주는 지표로 사용하는 것입니다. 비너스를 각 지역에 설치된 상황실이라고 한다면 문은 종합 상황실 또는 중앙 통제실이라고 할 수 있겠습니다.

수학 공식으로 표현하자면 '문 ≧ 비너스' 이렇습니다. 이 공식에서 비너스 자리에 머큐리, 마스, 주피터, 새턴이 들어가도 됩니다.

마스의 성 충동,
비너스의 방향 설정

우리는 좋아하는 것과는 관계를 맺고 싶어 하고, 싫어하는 것과는 관계를 맺고 싶어 하지 않습니다. 좋아하는 것과 싫어하는 것을 결정하고, 좋아하는 것과는 관계를 맺고 싶어 하고 싫어하는 것과는 관계 맺기를 원하지 않는 것, 이것은 비너스의 기능이자 욕구입니다.

무엇을 좋아하고 무엇을 싫어할지는 비너스의 싸인이 보여 줄 것이고, 비너스의 이런 기능과 욕구가 어떤 양상으로 표현될 것인지는 비너스가 다른 행성들과 맺고 있는 어스펙트aspect가 보여 줄 것입니다. 그리고 비너스의 하우스house는 비너스 에너지가 어떤 영역에서 주로 표현될 것인지, 또는 어떤 영역에서 비너스의 욕구를 채우려고 할 것인지를 보여 줍니다.(어스펙트는 행성들이 맺고 있는 각도를 뜻하고, 이를 통해 행성들이 자기 에너지를 표현하기 위해 힘을 들이는 정도와 힘을 쏟는 방식을 알 수 있다. 하우스는 태어난 시간에 태어난 위치에서 보이는 천구를 12구역으로 나눈 것으로, 인생 영역의 외적인 조건이나 상황 또는 차트 주인공이 그 영역에서 체험하게 될 경험의 양태를 보여 준다. –『별들에게 물어

봐』(정창영/2003년)에서 발췌. 편집 주)

마스는 심리학에서 일반적으로 말하는 '리비도libido'와 관련되어 있습니다. 프로이트는 리비도를 주로 본능적인 성 충동을 일컫는 용어로 사용했고, 융은 1912년에 출판한 『리비도의 변환과 상징Wandlungen und Symbole der Libido』에서 그 의미를 좀 더 확장해서 모든 종種에서 일어나는 모든 삶의 과정을 일으키는 충동 또는 에너지를 일컫는 용어로 사용했지요. 융이 프로이트의 의견과 크게 다른 내용의 책을 출판함으로써 두 사람의 관계는 심각해졌고 두 사람은 결국 결별합니다. 융은 이때 이미 천문 해석 공부를 시작한 상태였고, 이 시기에 융이 프로이트에게 쓴 편지들을 보면 천문 해석의 가치를 옹호하는 내용이 자주 등장합니다.

사람들은 『리비도의 변환과 상징』의 첫 번째 업적을 사람들을 외향성과 내향성의 두 부류로 나눈 것이라고 합니다. 나중에 그는 정신의 기능을 사고 · 감정 · 감각 · 직관의 4가지로 구분하고 사람마다 이 중 한두 가지가 우세하다고 했습니다. 이 연구 결과는 『심리적 유형Psychologische Typen』(1921)에 잘 설명되어 있습니다. 천문 해석을 이미 10년 이상 탐구한 융이 사람의 정신적 특성을 사고 · 감정 · 감각 · 직관으로 구분한 것은 어쩌면 당연한 일이라고 봅니다. 사고는 공기, 감정은 물, 감각은 흙, 직관은 불이라는 화토공수 4원소의 구분은 천문 해석의 기본이니까요.

여담입니다만, 융의 성격 유형 이론을 토대로 개발했다는 '마이

어스-브리그스 유형 지표(Myers-Briggs Type Indicator, MBTI)'는 융의 유형 분석과는 기본에서 차이가 납니다. 융의 유형 분석을 이용해서 사람들을 혹하게 만드는, 뭔가 그럴 듯해 보이는 것을 하나 만든 것처럼 보입니다. 아마 마이어스와 브리그스가 융의 유형 분석이 천문 해석에서 영감을 받은 것임을 몰랐던지, 아니면 알고도 무시한 결과라고밖에는 말할 방법이 없습니다. (길게 설명할 자리가 아니기에 간단히 말해서) 제가 검토해 본 결론은 MBTI는 융의 유형 분석과 아무런 관련이 없고, 기본이 달라도 한참 다릅니다. 에니어그램 성격 유형 분석이 실제 고대의 지혜인 에니어그램이나 그것을 현대에 소개한 구르지예프의 가르침과는 아무런 관련이 없는 것과 비슷합니다. 이런 걸 유명한 이름을 빙자한 짝퉁이라고 하면 좋을 것 같습니다. 죄송합니다. 하지만 탐구해 보세요. 사실입니다.

융이 프로이트의 리비도 개념을 넘어선(또는 확장시킨) 첫 번째 작품이 앞서 말한 『리비도의 변환과 상징』입니다. 아마 융은 천문 해석을 공부하면서 마스에 대한 통찰에서 이런 시도를 하게 된 것이 아닐까 생각합니다. 천문 해석에서 마스는 생물학적이고 본능적인 성 충동을 포함하여 생명 유지와 욕구 실현을 위한 모든 충동과 그 에너지를 보여 주는 지표입니다. 마스의 충동과 에너지가 없으면 생물학적인 생존이 불가능합니다. 하지만 오늘은 비너스와 관련해서 마스의 성 충동 부분만 생각해 보겠습니다.

마스의 성 충동은 강약의 차이는 있겠지만 누구에게나 있습니다.

성 충동이 지나치게 강한 경우에는 상대를 가리지 않고 그 욕구를 채우려고 할 것입니다. 그런 사람들은 삶의 다른 면에서도 에너제틱합니다. 마스 에너지가 강하게 활성화되어 있기 때문입니다. 어쨌든 마스는 방향이 정해지지 않은 본능적인 성 충동입니다.

비너스는 좋고 싫은 대상을 선별합니다. 비너스에게는 사람도 대상입니다. 비너스의 기본 욕구가 자기가 원하는 것을 외부에서 가져와 채우려는, 또는 외부의 대상을 통해서 원하는 것을 경험하려는 욕구이기 때문입니다. 이걸 에로스Eros라고 합니다. 그래서 에로스는 사랑이라기보다는 욕망입니다. 좋아하는 것이나 좋아하는 사람에게 애정이 가고 그것을 차지하려는 욕망이 바로 그것입니다.

방향이 정해지지 않은 마스의 본능적인 성 충동에 비너스가 방향을 정해 줍니다. 그래서 비너스가 선별한 대상에 마스의 본능적인 충동이 가세하면 강력한 성적인 끌림이 일어나는 것입니다. 자제하거나 억제하는 것은 그 다음 일입니다. 비너스의 대상 선별은 머리 차원에서 이루어지는 것이 아니라 감정 차원에서 일어나고, 마스의 성 충동은 아랫배에서 일어납니다. 그래서 여러 가지 상황을 고려해서 상대가 자기에게 어울리는지 안 어울리는지를 결정하고, 자제를 하든지 실행을 하든지를 결정하는 머리가 개입되기 이전에 그 에너지가 활성화됩니다.

비너스 싸인은 어떤 사람을 좋아할지를 암시해 주고, 비너스가 다른 행성들과 맺고 있는 어스펙트는 비너스의 욕구가 어떤 양상으로 표현될 것인지를 보여 줍니다. 소프트하게 표현될 것인지 아니면 다이내믹하게 표현될 것인지 등등. 마스의 싸인은 성 충동과 성 에너지의 성질이 어떨지를 보여 주며, 마스가 다른 행성들과 맺고 있는 어스펙트는 마스의 충동과 에너지가 어떤 양상으로 표현될 것인지를 보여 줍니다. 억압, 절제, 적절한 표현, 무절제한 방종 등 다양한 양상이 있을 수 있겠습니다. 마스와 비너스가 맺고 있는 어스펙트는 성 충동의 표현 양상이 어떨지를 보여 주는 좋은 지표가 됩니다. 물론 다른 행성들과의 어스펙트 영향으로 더 활성화되든지 억제되든지 하겠지만, 있는 것은 있는 것입니다.

비너스의 욕망에는 끝이 없습니다. 우리에게는 익숙한 것에는 호기심도 생기지 않고 반응도 하지 않는 생물학적인 조건이 있습니다. 그래서 신선하게 끌렸다가도 익숙해지면 그 끌림이 사라집니다. 시간이 더 지나면 지루해지고 무감각해집니다. 그러면 다른 대상을 찾게 되어 있습니다. 외부의 대상을 통해 욕구를 충족하려는 에로스 속성을 지니고 있는 비너스는 대상을 찾기 위해서 외부를 향한 탐색을 그치지 않을 것이기 때문에 그 욕망에 끝이 없다고 하는 것입니다.

차트 리딩을 통해서 자기 비너스의 욕망과 그 성질을 알고, 그 에너지가 활성화될 때 즉각즉각 알아차리고, 그럼으로써 휘말리지 않고 바라볼 수 있고, 욕망은 그냥 욕망으로 놔두고 집착하지 않음을 배우면 삶이 좀 더 가벼워질 수 있을 것 같습니다.

비너스와 오각별

비너스의 주기는 584일이고, 이것은 인피리어 컨정션Inferior Conjunction('지구-비너스-썬'의 배치로 컨정션되는 경우)에서 다음 인피리어 컨정션까지의 기간입니다. 비너스는 아래 그림과 같이 오각별을 그리며 조디액Zodiac을 운행합니다. 조디액에서 1번 위치에서 인피리어 컨정션인 일어났다면, 584일 후에는 2번 위치에서, 그리고 다시 584일 후에는 3번 위치에서 일어나는 식으로 정오각별을 그리면서 인피리어 컨정션이 일어납니다. 정오각별은 자연계의 표준이자 미의 기준인 황금 비율(1:1.618…)로 이루어져 있습니다.

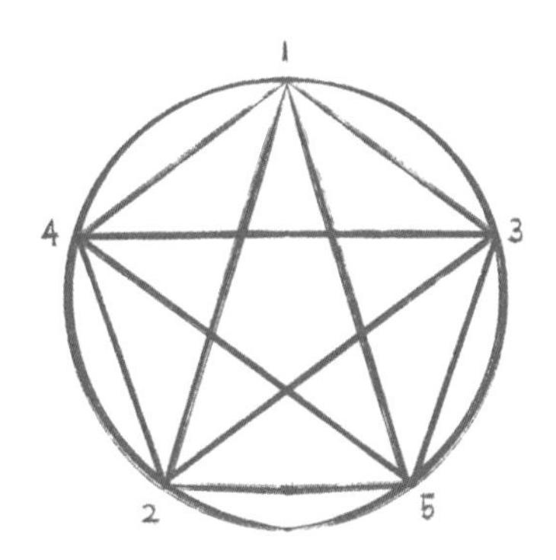

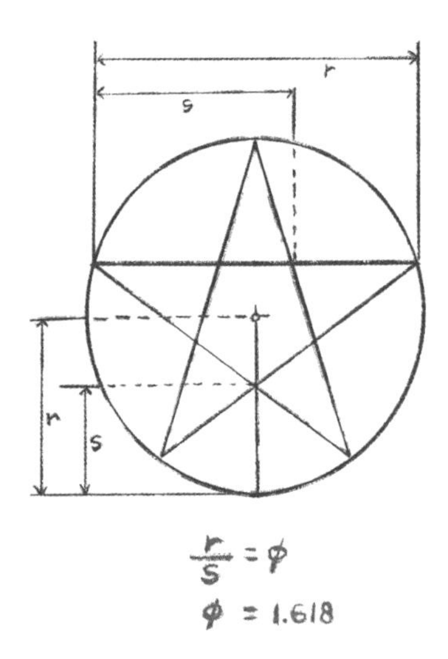

미美의 상징인 비너스가 이렇게 미의 표준인 황금 비율을 만들어 내면서 운행하고 있다는 것은 우연처럼 보이지 않습니다. 황금 비율은 작도를 통해서도 얻을 수 있지만 가장 쉽게는 다음과 같은 피보나치 수열Fibonacci numbers에서 얻을 수 있습니다.

0, 1, 1, 2, 3, 5, 8, 13, 21, 34, 55, 89 …

앞에 두 수를 더해서 다음 수를 얻는 방식으로, 피보나치 수열의 수는 무한히 이어져 나갑니다.

3÷2 = 1.5

5÷3 = 1.666666666667

8÷5 = 1.6

13÷8 = 1.625

21÷13 = 1.6153846154

34÷21 = 1.6190476191

55÷34 = 1.6176470588

89÷55 = 1.6181818182

이렇게 뒤의 수를 앞의 수로 나누는 계산이 뒤로 갈수록 점점 더 정확한 황금비 값이 나옵니다. 황금비, 황금 분할, 황금 비율, 피보나치, golden ratio 등의 키워드로 검색해 보시면 많은 자료들이 있을 겁니다. 피보나치 수열처럼 꼭 0이나 1에서 시작해야만 황금비를 얻을 수 있는 것은 아닙니다. 임의의 아무 수에서 시작해도 앞에 두 수를 더해서 뒤에 수를 얻는 방식을 계속해 나가면 결국은 피보나치 수열에서처럼 점점 더 정확한 황금비 값을 얻을 수 있습니다.

황금 비율 직사각형은 이렇게 만들 수 있습니다.

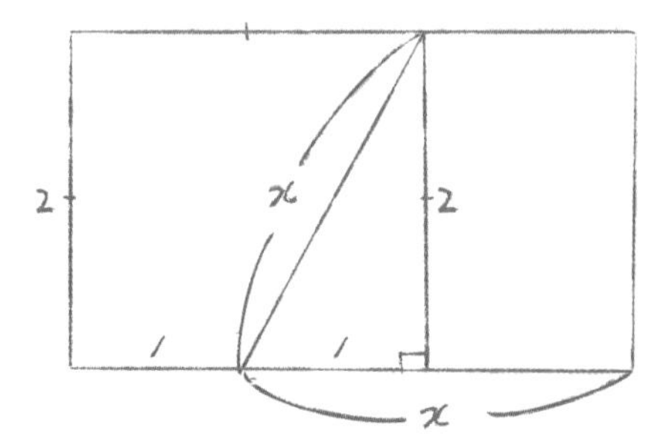

$x^2 = 1^2+2^2 = 1+4 = 5$

$\therefore x = \sqrt{5}$

$(1+\sqrt{5})\div 2 = (1+2.236\cdots)\div 2 = 3.236\cdots \div 2$

$= 1.618\cdots = \Phi(\varphi)$ = 황금 비율

피보나치 수열과 황금비가 나타나는 예는 수도 없이 많습니다. 아마 온 우주가 눈에 보이는 형상 세계는 황금 비율을 기본으로 제작되었고, 눈에 보이지 않는 시간과 파동 차원은 옥타브 원리를 적용해서 제작된 것이라는 생각이 듭니다.

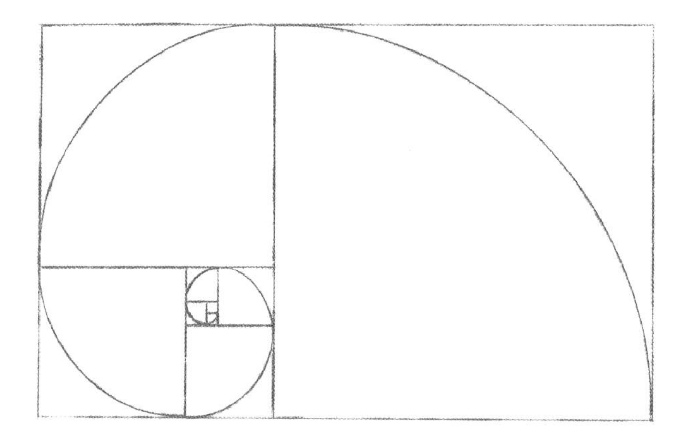

뇌파와
유레너스 - 넵튠 - 플루토

뇌파를 일반적으로 다음과 같이 분류합니다.

감마(γ)파: 주파수 30Hz 이상 — 극도로 각성된 상태나 심하게 흥분할 때의 뇌파.

베타(β)파: 주파수 30~13Hz — '스트레스파'라고도 한다. 불안하거나 긴장할 때, 일상적으로 활발하게 활동할 때의 뇌파.

알파(α)파: 주파수 13~8Hz — '명상파'라고도 한다. 심신이 안정을 취하고 있을 때의 뇌파.

세타(θ)파: 주파수 8~4Hz — 잠으로 빠져드는 순간부터 꿈을 꾸는 동안의 뇌파.

델타(δ)파: 주파수 4~0.2Hz — '수면파'라고도 한다. 꿈도 꾸지 않는 깊은 잠에 빠졌을 때의 뇌파. 수술하기 위해서 전신 마취를 했을 때나 혼수상태의 뇌파.

물론 뇌파를 더 작은 단위로 쪼개서 설명할 수도 있지만, 일단 뇌사 상태인 0Hz부터 30Hz 이상까지 스펙트럼을 이루고 있다고 보면 됩니다.

지금부터 하는 이야기는 저의 개인적인 생각이기 때문에 공부에 참고하는 정도로만 쓰시기 바랍니다. 태양계 행성이면서도 눈에 보이지 않는 유레너스, 넵튠, 플루토는 의식 차원 아래 곧 잠재의식이나 무의식 차원과 연결되어 있다고 보는 것이 일반적인 견해입니다. 그렇다면 이 세 행성 에너지는 알파파 이하 수준에서 작용한다고 볼 수 있습니다.

어림해서 유레너스는 창의적인 아이디어 도출이 가능한 알파파 수준에서, 넵튠은 꿈이 살아나는 세타파 수준에서, 그리고 플루토는 죽음처럼 깊은 델타파 수준에서 작용한다면 될까요?

어떤 것을 보고 '예쁘다… 갖고 싶다'는 마음이 들었다면 그것은 우리 속에 있는 비너스가 작동한 결과입니다. 그런데 비너스가 일으킨 이런 마음의 움직임은 마음만 먹으면 어렵지 않게 자각할 수 있고, 원하는 수준에서 어느 정도 제어도 가능합니다. 느리게 도는 행성일수록 그 에너지를 의식하고 제어하기가 어렵지만, 어쨌든 눈에 보이는 행성들의 에너지는 정도의 차이는 있겠지만 의식할 수 있고 제어할 수도 있습니다. 그러나 알파파 이하 수준에서 작용하는 에너지는 의식 차원에서는 제어가 불가능합니다. 그것을 알아차리고 제어하려면 의식이 그 차원으로 들어가야 합니다. 알아차리고 제어하지 못한다면 늘 그 에너지에 휘둘리게 됩니다. 도저히 피할 수 없는 운명처럼 그 에너지의 희생물이 될 수도 있습니다.

만약 출생 차트에서 유레너스나 넵튠이나 플루토가 퍼스널 플래닛personal planet(썬, 문, 머큐리, 비너스, 마스)과 컨정션이나 어퍼지션, 스퀘어 어스펙트(208-209쪽 참조. 편집 주)를 맺고 있어서 퍼스널 플래닛의 욕구와 기능이 늘 문제가 된다면 깊은 의식 차원으로 들어가서 거기서 해결책을 찾는 길밖에는 없어 보입니다.

다행히 출생 차트에서는 이들 세 행성이 퍼스널 플래닛과 별 문제가 없다고 해도, 이들이 트랜짓하면서 네이틀 행성natal planet(어떤 사람이 태어난 날의 하늘의 별들, 즉 출생 차트에 그려진 행성. 편집 주)들과 컨정션이나 어퍼지션, 스퀘어 어스펙트를 맺었다 풀었다 하면서 의식적으로는 제어할 수 없는 영향을 미치겠지요. 그러니 너나를 막론하고 누구나 우리의 깊은 차원에서 활동하는 이들 세 신神과 우호적인 관계를 유지하려면 어떻게 해서든지 내면으로 들어가야만 합니다.

소위 자기 마음을 들여다본다는, 곧 생각으로 자기 마음이나 느낌을 관찰하고 분석하는 행위는 내면으로 들어가는 것이 아닙니다. 그것은 베타파 수준의 행위입니다. 명료한 의식을 유지한 채 알파파 이하 델타파 수준까지 내려가야 합니다. 그것이 내면으로 들어가는 것입니다. 그렇게 한다면 언젠가는 의식과 무의식이 대립하고 충돌하는 것이 아니라 우호적으로 통합되는 상태를 맛보게 되지 않을까요?

어스펙트에 관한 규칙

출생 차트에서 어떤 두 행성의 어스펙트를 해석할 때 고려할 사항입니다.

1. 어스펙트에 상관없이 두 행성의 기본 기능 또는 기본적인 욕구가 서로 어떻게 영향을 주고받는지를 이해하고 있어야 한다.

예를 들어서 썬과 유레너스가 어스펙트로 연결되어 있다면 어스펙트 종류에 상관없이 (썬의) 자기표현 욕구와 (유레너스의) 변화, 자극, 실험 정신, 반항심 등이 섞입니다. 그래서 주인공의 개성은 인습에 구애받지 않는 매우 창의적인 독창성을 띠는 경우가 많으며, 단조롭고 지루한 것을 싫어하기 때문에 안정 상태를 걷어차 버리고 변화를 위해서 변화를 갈망하는 경향이 있습니다. 주인공은 (유레너스의) 이런 자유를 마음껏 표현할 수 있을 때 (썬의) 활력이 솟습니다.

또 다른 예로 마스와 문이 어스펙트를 맺고 있다면, (문의) 감정 상태에 (마스가) 불을 질러 감정이 격렬해집니다. 또한 욕망을 이루기 위해서 행동하려는 (마스의) 본능적인 갈망에 (문의) 감정 반응이 결합합니다. 그래서 어떤 욕구가 일어나면 (감정의 결합으로 인해서) 그 욕구의 강도가 강해지며, (마스의) 욕구 충족 여부가 (문의) 감정 상태에 강한 영향을 미칩니다. 어떤 행성이 어떤 어스펙트로 연결되든지 이런 식으로 두 행성의 기본 기능 사이에 에너지 교환이 일어납니다.

2. (썬과 문을 제외하고) 일반적으로 느리게 도는 행성이 빨리 도는 행성에게 강한 영향력을 행사한다.

예를 들어서 쌔턴과 머큐리가 어스펙트로 연결되면 (머큐리의) 생각과 표현이 (쌔턴의 영향을 받아서) 심각하고 진지해지거나, 억압되거나 절제됩니다. 반대 곧 쌔턴이 머큐리의 영향을 받아서 자신이 어떻게 현실적인 안정을 취하려고 하는지를(쌔턴 성격) 분석하거나 가볍게 표현하는 양상으로는(머큐리 성격) 잘 나타나지 않습니다.

썬과 문은 어떤 행성과 어스펙트를 맺더라도 그 행성의 영향을 받습니다. 예를 들어서 썬이 머큐리와 연결되면 (머큐리의) 반짝이는 재치와 재빠름이 자기표현 방식에 가미되고, 비너스와 연결되면 (썬의) 자기표현 방식에 (비너스의) 부드러움과 우아함이 아름다움이 채색되며, 마스와 연결되면 (썬의) 자기표현 방식에 (마스의) 열정과 과감성이 더해지고, 주피터와 연결되면 (주피터의) 낙관적이고 확장성을 지닌 에너지가 (썬의) 자아 정체성과 자기표현 방식에 영향을 주며, 쌔턴과 연결되면 (썬의) 자기표현 욕구가 (쌔턴의 영향으로) 억압되거나 억제됩니다. 유레너스, 넵튠, 플루토와 어스펙트를 맺은 경우도 마찬가지이며, 문의 감정 상태 또는 본능적인 반응 또한 썬과 마찬가지로 모든 행성의 영향을 받습니다.

썬과 문은 어떤 행성과 어스펙트를 맺든지 그 행성의 기능과 욕구에 영향을 줍니다. 썬은 이를테면 어스펙트로 연결된 행성 에너지를 활성화시키는 각성제 역할을 하고, 문은 어스펙트로 연결된 행성의 기능과 욕구에 감정 에너지를 주입하여 해당 행성 에너지를 감정 차원에서 강화시킵니다.

예를 들어서 썬이 머큐리와 연결되면 (머큐리가 관장하는) 커뮤니케이션이 (썬 에너지의 영향으로) 밝고, 활기 넘치고, 생동감이 있습니다. 비너스와 연결되면 자신을 표현하려는 (썬의) 욕구가 (비너스의) 사회성 욕구를 활성화시켜서 사회적인 관계를 통해서 자신을 창조적으로 표현하려는 성향이 강해집니다. 마스와 연결되면 (썬의) 개체성을 유지하려는 욕구가 (마스의) 육체적인 에너지를 활성화시켜서 강한 역동성을 발휘하게 만듭니다. 주피터와 연결되면 (썬의) 인정받고 싶어 하는 욕구가 (주피터의) 한계를 넘어 확장하려는 욕구를 자극해서 거대한 프로젝트에 도전하게 만듭니다. 쌔턴과 만나면 (쌔턴의) 현실적인 안정에 대한 욕구에 (썬의) 자기실현 욕구 에너지가 작용해서 현실적인 안정을 통해서 자기를 실현하겠다는 중압감이 생깁니다. 유레너스와 만나면 (썬의) 자기표현-자기실현 욕구가 (유레너스의) 변화-자극-자유에 대한 욕구를 자극하여 유레너스 에너지가 활성화됩니다. 넵튠과 만나면 넵튠의 에너지를 더 강화하고, 플루토와 만나면 (썬의) 내적인 자아의 의지력을 (플루토의) 변형과 변혁 욕구 실현에 집중하게 됩니다.

3. 주요 어스펙트 5가지

(어스펙트의 전반을 설명하는 9차 하모닉 테이블 설명 중 차트 해석에 기본인 5가지만 정리하였다. 편집 주)

컨정션Conjunction(0도)

기본적으로 두 행성의 에너지가 결합하여 에너지가 증폭됩니다. 증폭된 에너지는 컨정션되어 있는 두 행성의 성질과 친화성 여부에 따라 다르게 표현됩니다. 예를 들어서 마스와 썬이 컨정션이라면 둘 다 불 성질을 가지고 있기 때문에 썬의 불기운이 증폭되어 활력이 넘칠 것이고, 마스의 불기운 역시 증폭되어 자신감 넘치는 의욕을 갖게 될 것입니다. 그 증폭된 에너지가 건강한 상태로 증폭된 것이냐 아니면 지나치게 증폭되어서 문제의 소지가 있느냐는 차트의 다른 요소들을 보고 해석해야 합니다.

일반적으로 마스와 유레너스와 플루토와 컨정션된 퍼스널 플래닛(썬, 문, 머큐리, 비너스, 마스)은 마스와 유레너스와 플루토 자체에 내장되어 있는 위험성을 내포한 상태로 에너지가 증폭됩니다. 위험성을 내포하고는 있지만, 적절하게 컨트롤할 수 있다면 상당한 활력과 긍정적인 변화를 이끌어 내는 요소로 작용할 것입니다. 넵튠과 컨정션된 행성은 그 행성의 현실에서의 기능이 해체되어 비현실적이거나 초월적인 양상을 띠게 됩니다. 쌔턴과 컨정션된 퍼스널 플래닛은 억압되며, 주피터와 컨정션된 퍼스널 플래닛 에너지는 상황에 따라 적절하면 긍정적으로 표현되고 지나치면 지나친 확장으로 인한 문제가 생길 수 있습니다.

친화성이 있는 두 행성이 컨정션되면 대개는 긍정적인 방향으로 에너지가 표현되고, 친화성이 없는 행성이 컨정션되면 대개는 지나쳐서 부정적인 효과가 나타나는 경향이 있습니다.

어퍼지션Opposition(180도), 스퀘어Square(90도)

일반적으로 두 행성 에너지가 충돌하거나 저항함으로써 해결해야 할 과제가 생깁니다. 대개는 느리게 도는 행성이 빨리 도는 행성에게 자신의 부정적인 측면의 에너지를 전달해서 빨리 도는 행성의 기능이나 욕구가 지나치게 과다하거나 지나치게 부족해서 갈등과 문제의 원인이 되는 경우가 많습니다.

두 행성 에너지를 조율하기 위해서 '의식적으로' 노력할 필요가 있으며, 그런 과정을 통해서 성장할 수 있고 지혜를 터득할 수 있습니다.

트라인Trine(120도)

두 행성 에너지가 이미 조율되어 있어서 편안하게 에너지를 주고 받을 수 있는 통로가 선천적으로 갖춰져 있는 상태라고 할 수 있습니다. 두 행성과 관련된 능력, 재능, 표현 등을 크게 노력하지 않고도 긍정적인 상태로 잘 발휘할 수 있습니다. 그러나 두 행성 사이에 자극이 없기 때문에 행성 기능이 게으른 상태에 빠져서 발전이나 성숙이 어려울 수 있습니다.

의식적으로 조금만 노력해도 다른 사람이 힘들게 노력한 것 이상으로 발전할 수 있는 상태라고 할 수 있습니다.

섹스타일Sextile(60도)

어떤 결과가 보장되어 있지만 어느 정도 의식적으로 에너지를 투입해야 그 결과를 얻을 수 있는 상황이라고 보면 됩니다. 따라서 두 행성 에너지에서 좋은 결과를 얻을 수 있는 '기회'가 주어진 상황이라고 할 수 있습니다.

4. 어스펙트를 맺고 있는 행성이 자리 잡고 있는 싸인의 원소(화토공수) 친화성 여부에 따라 어스펙트의 효과가 달라진다.

이것은 어브Orb(행성 간에 영향을 미치는 정확한 각도에서 허용하는 오차. 편집 주) 때문에 생기는 문제인데, 예를 들어서 같은 싸인에서 컨정션된 경우와 서로 싸인이 다르지만 컨정션인 경우가 있습니다. 싸인이 다르면 원소(화토공수)의 친화성이 없습니다. 따라서 같은 싸인에서 컨정션(0도)된 경우보다 에너지 교환이 원만하게 이루어지지 않기 때문에 그 효과가 많이 감소합니다.

트라인(120도)의 경우도 마찬가지입니다. 트라인의 경우에는 두 행성이 같은 원소 싸인에 있는 경우가 대부분입니다. 하지만 불과 흙, 또는 공기와 물처럼 친화성이 없는 싸인에 있는 두 행성이 트라인을 이루고 있는 경우도 있습니다. 이때는 트라인 본연의 효과가 감소된 것으로 봅니다.

스퀘어(90도)의 경우 불과 물, 불과 흙, 공기와 흙, 공기와 물처럼 친화성이 없는 싸인에서 일어나는 경우가 대부분입니다. 그래서 충돌의 강도가 강합니다. 하지만 어떤 싸인의 앞자락이나 끝자락에 있는 행성이 스퀘어를 이뤘을 때는 불과 불, 물과 물처럼 친화성이 강한 같은 원소나 불과 공기, 물과 흙처럼 친화성이 있는 싸인에서 스퀘어를 형성하기도 합니다. 이런 경우에는 스퀘어 본연의 충돌 강도가 감소합니다.

섹스타일(60도)과 어퍼지션(180도)은 기본적으로 불과 공기, 물과 흙처럼 친화성이 있는 싸인에서 일어납니다. 그래서 저항과 충돌이 있지만 어느 정도 대화의 채널이 열려 있어서 타협이 가능합니다. 하지만 어떤 싸인의 앞자락이나 끝자락에 있는 두 행성이 어퍼지션을 이루었을 때 친화성이 없는 원소 싸인에서 그렇게 되어 있는 경우가 있습니다. 이런 경우에는 대화의 채널이 형성되기 어려워서 타협의 가능성이 줄어듭니다. 그래서 어퍼지션이 (친화성이 있는) 마주 보고 있는 싸인에서 정확하게 형성된 경우보다, 오히려 어브가 좀 있어도 친화성이 없는 싸인에서 일어난 경우가 두 행성 에너지를 조율하기가 더 까다롭습니다.

원소의 친화성

- 같은 원소끼리는 친화성이 아주 강하다(0도, 120도).
- 불-공기, 물-흙은 친화성이 있다(60도, 180도).
- 불-물, 불-흙, 공기-흙, 공기-물은 친화성이 없다(90도).

운명에 반응하는 방식

개인과 관련한 프리딕티브predictive(미래를 예측하는 기법) 작업을 진행하다 보면 난감한 상황에 부딪치는 두 가지 경우가 있습니다.

첫째는, 트랜짓이나 프로그레션에서 분명한 상황이 예측되는데 정작 당사자는 그에 상응하는 경험을 전혀 하지 않는 경우입니다. 예를 들어 트랜짓 플루토가 네이틀 비너스와 컨정션되면, 일반적인 경우 비너스와 관련된 영역에서 엄청난 격랑을 경험하게 됩니다. 비너스와 관련된 영역이라면 애정을 갖고 친밀한 관계를 맺고 있는 사람이나 오랫동안 애착을 갖고 유지해 온 그 어떤 것이 되겠지요.(트랜짓: 출생 차트 행성들 위치와 운행 중인 행성들 위치를 비교해 차트 주인공 삶의 특정 기간에 어떤 테마가 우세할지를 예측. 프로그레션: 226쪽 참조. 편집 주)

플루토는 엄청난 파괴력을 갖고 기존의 틀을 완전히 박살 냅니다. 물론 목적은 박살 내는 데 있는 것이 아니라, 박살 낸 후 완전히 새로운 형태를 출현시키기 위해서입니다. 하지만 분명한 것은 기존의 형태가 박살 나는 과정이 꼭 선행된다는 점입니다. 그런데 트랜짓 플루토가 네이틀 비너스를 강타해도 비너스 영역에서 아무런 경험도 하지 않는 사람이 있다는 것입니다.

둘째는, 그 반대의 경우로 트랜짓이나 프로그레션에서 어떤 암시도 없는데 대단히 강렬한 경험을 하는 사람이 있습니다. 따라서 무엇이 그 사람으로 하여금 그런 경험을 하도록 한 것일까 매우 난감할 수 있습니다.

제 경험에 의하면 위 두 가지 경우에 해당하는 사람이 열에 한두 명은 꼭 있었습니다. 이런 경우 무엇이 문제일까요?

우리말에 숙명이라는 말과 운명이라는 말이 있습니다. 여기서 명命은 (하늘의) 명령 곧 이번 생에 주어진 미션을 뜻합니다. 그리고 숙명의 숙宿은 머물러 있다는 뜻이고, 운명의 운運은 돈다 곧 천체의 운행을 가리키는 말입니다. 천문 해석 관점에서 보면 숙명은 출생 차트이고, 운명은 트랜짓이나 프로그레션 또는 그런 것이 출생 차트에 미치는 영향이라고 할 수 있습니다.

그렇다면 프리딕티브 작업은 숙명이 아니라 운명을 가늠해 보는 작업이라고 할 수 있겠습니다. 쉽게 말해서 (돌고 있는 천체의 영향으로) 어느 때 어떤 운이 돌아오는가를 살펴보는 것이지요. 물론 숙명이 결정되면 운명도 자동적으로 결정됩니다. 천체의 운행이 일정하기 때문에, 태어나서 첫 호흡을 하는 순간 숙명이 결정됨과 동시에 미래에 어떻게 천체의 영향을 받을 것인지도 결정되기 때문이지요. 어쨌든 이런 맥락에서 보자면 위에서 언급한 난감한 두 경우는 운명에 일반적인 방식으로 반응하지 않는 경우라고 할 수 있습니다.

인간이 하늘에 반응하는 방식, 또는 운명에 반응하는 방식은 일정하지 않습니다. 옷을 여러 겹 껴입은 것처럼, 또는 사람의 뇌가 파충류 뇌, 포유류 뇌, 영장류 뇌, 대뇌 신피질 등이 중첩되어 있는 것처럼 인간이 운명에 반응하는 층層도 여러 겹 중첩되어 있다고 봅니다.

예를 들어 수렵-채취를 하던 때 또는 원시 부족 사회를 생각해 봅시다. 그때에는 개인의 운명이 별로 중요하지 않았습니다. 부족이나 집단의 운명이 곧 개인의 운명이었습니다. 샤먼이 어떤 특정한 천체 현상을 관찰한 다음 그에 해당하는 예언을 하면 그것이 곧 그대로 집단의 운명에 영향을 미쳤습니다. 그들은 보름달이 뜨는 날 보름달 바로 뒤에 마스가 따라 떠오르면 다음 보름까지는 사냥에 적합하지 않다고 생각하고 사냥하러 나가지 않았습니다. 그런 천체의 배치가 개인에게 미치는 영향은 전혀 고려 대상이 아니었습니다. 그러나 현대인은 이번 달이 아무리 사냥에 적합하지 않은 달이라고 해도 집단적으로 그것의 영향을 받지 않습니다. 시장이나 마트에 가면 고기는 언제라도 있습니다.

어림잡아서 산업 사회가 등장하기 전까지는 왕이나 집단의 운명에 중요한 영향을 미치는 지도자가 아니면 개인의 운명을 고려하지 않았습니다. 왕이나 지도자 개인의 운명에 관심을 가진 것도 그들 개인의 삶에 대한 관심이라기보다는 그들의 운명이 집단의 운명에 직결되기 때문이었다고 봅니다.

여러 중간 이야기는 줄이고, 크게 보아 개인 차원에서 하늘에 반응하는 사람과 집단 차원에서 반응하는 사람이 있는 것처럼 보입니다. 집단 차원에서 반응하는 사람은 미드포인트midpoint(두 행성 사이의 중간점을 취해 개인의 어떤 특성을 알 수 있다. 편집 주)를 포함해서 트랜짓이나 프로그레션에 반응을 하지 않습니다. 그 대신 집단 차원에 영향을 미치는 일식이나 월식, 또는 루네이션lunation(달의 위상 변화)이나, 개인 차트와 관계없이 트랜짓 자체에서 행성들이 맺는 특정한 어스펙트의 영향을 받습니다.(개인 차원에서 트랜짓이나 프로그레션의 영향을 전혀 받지 않지만 행성들의 리턴Return에는 민감하게 반응하는 경우도 많다.)

집단 차원에서 반응한다고 해서 원시인이라거나 진화가 덜 된 사람이라고 볼 수 없습니다. 그들은 개인화된 많은 현대인들보다 집단의식에 더 깊이 동조되어 있을 뿐이고, 이 차이는 우열이 아니라 특징일 뿐입니다. 이런 이유로 저는 프리딕티브 작업을 진행할 때 아래의 순서에 따라 살펴봅니다.

- 트랜짓(미드포인트 포함) ···▸ (세컨더리Secondary) 프로그레션(프로그레션 종류 226쪽 참조. 편집 주) ···▸ (경우에 따라 쏠라 아크Solar Arc 프로그레션) ···▸ 행성들의 리턴 차트

트랜짓의 경우 일반적으로 취급하는 어스펙트에는 별로 반응을

하지 않지만 미드포인트에는 민감하게 반응하는 사람도 아주 많습니다. 또 당사자의 성격에 중요한 특징을 부여한 두 행성의 특별한 어스펙트가 있다면 그 두 행성이 맺는 페이즈 리턴phase retuen도 주의 깊게 살펴봅니다. 이런 작업은 이것이 안 되면 저것으로, 저것이 안 되면 또 다른 것으로 꿰어 맞추자는 자기방어적인 의도가 아닙니다.

현상계에서 마주치는 똑같은 상황이라도 사람마다 자기 수준, 자기 입장에서 서로 다르게 반응합니다. 하물며 눈에 보이지 않는 하늘 에너지에 대한 반응이 어찌 똑같을 수 있겠습니까?

쏠라 리턴 차트 리딩 가이드라인

쏠라 리턴Solar Return은 말 그대로 태양이 리턴하는 것을 말합니다. 쏠라 리턴 차트는 지금 운행하고 있는 썬이(트랜짓 썬) 해마다 자기가 태어날 때 있던 썬의 위치로 오는 순간의 차트입니다. 이를테면 정확한 천문 생일이라고 할 수 있습니다. 차트 주인공의 1년 상황을 이 차트로 살펴볼 수 있습니다. 다음은 쏠라 리턴 차트 해석에서 참고할 사항들입니다.

1. 쏠라 리턴 차트에서 썬이 앵글angle(천구를 동서남북 십자로 네 등분한 공간의 꼭지점. 각기 1, 4, 7, 10번째 하우스에 닿게 되는데 이들 하우스를 앵귤러angular 하우스라 부른다. 자기 주도적 활동과 관련되며 주인공의 삶에 직접적인 영향을 미친다. 편집 주)에 컨정션되어 있는지를 본다. 만약 어느 앵글에 컨정션되어 있다면 1년 동안 대단히 활동적인 한 해가 될 것이다.
2. 쏠라 리턴 차트에서 민 노드Mean Node(노드란 태양의 궤도면과 달

의 궤도면이 만나는 두 점, 즉 문Moon 노드를 일컫는다. 달의 실제 운동 속도를 기준한 것이 트루True 노드, 그것을 등속화한 것이 민 노드. 남에서 북으로 향하면서 만나는 점을 노스North 노드, 북에서 남으로 내려갈 때 만나는 점을 사우스South 노드라 하며, 이는 천문 해석에서 각기 주인공의 과거와 과제를 암시한다. 편집 주)와 같은 도수를 차지하고 있는 행성이 있다면 그 행성과 관련된 일이 중요성을 띠게 된다.

3. 행성이 3개 이상 들어가 있는 하우스가 있다면 그 영역이 관심과 에너지를 많이 쏟는 활동 무대가 된다.
4. 8번째와 12번째 하우스의 룰러Ruler(해당 하우스를 지배하는 특정 행성. 편집 주)는 어려움을 가져다주는 요인으로 작용하며, 5번째와 9번째 하우스의 룰러는 도움을 주는 요인으로 작용한다.
5. 행성들의 원소(화토공수)와 에너지 상태(카디널Cardinal: 진취적인 상태, 픽스드Fixed: 고정불변하는 상태, 뮤터블Mutable: 변하기 쉬운 상태)를 종합한 시그니피케이터significator 싸인이 그 해의 전체 분위기를 말해 준다.
6. 행성이 몰려 있는 강조된 영역을 본다.
   - 동쪽: 자신의 의지로 행동을 취하고 상황을 컨트롤한다.
   - 서쪽: 다른 사람이나 주변 상황의 영향으로 상황이 전개된다.
   - 상부: 그룹과 관련된 사회적 사건이나 이슈가 강조되며, 객관성과 외향성을 띤다.
   - 하부: 개인의 사생활이나 내면과 관련된 주제가 강조된다. 주관성과 내향성을 띤다.

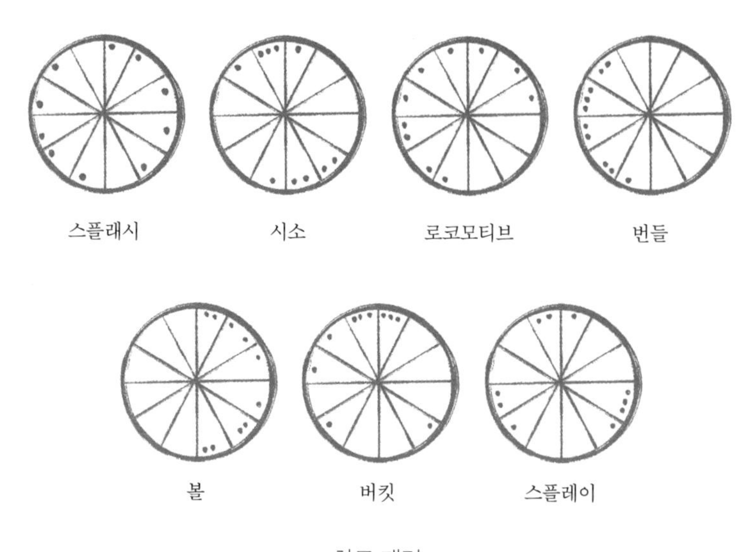

차트 패턴

7. 전체적인 패턴을 살핀다.

- 스플래시Splash(전체 원호 안에 특징 없이 행성들이 흩어져 있고, 행성 없는 하우스가 2개 이상이 안 됨): 관심과 자극이 여러 방향으로 분산되어 어느 한 주제에 에너지를 집중하기 어렵다. 다방면에 관여하려는 경향으로 주요 목표를 성취하기 어렵다. 삶을 잘 정돈하고 조직할 필요성을 느낄 가능성이 크다.
- 시소See-Saw(행성들이 직경의 반대쪽으로 분극화되어 있고, 각 한쪽씩 60~90도의 원호는 비어 있음): 상대하고 있는 싸인과 하우스가 보여 주는 서로 반대되는 타입의 경험이 옵션으로 주어지고 그 사이에서 선택의 갈등을 경험할 가능성이 크다.

두 행성이 정확하게 어퍼지션을 형성하고 있는 경우에는 선택의 갈등 문제로 상당한 에너지를 소모할 가능성이 있다.

- 로코모티브Locomotive(240도 원호 안에 모든 행성이 있고 120도 원호 안에는 행성이 전혀 없음): 인생에서 무언가가 빠져 있다는 느낌에서 비롯되는 성취나 성공에 대한 강박관념에 사로잡힐 가능성이 있다. 성공적인 경우에는 자기를 깊이 탐구하거나 상당한 경영 능력을 발휘한다.
- 번들Bundle(모든 행성이 120도 원호 안에 있음): 관심 영역이 좁거나 억압된 분위기를 암시한다. 외부의 자극에 쉽게 반응하지 못하지만, 자족하는 상태를 누리거나 제한된 자원을 유용하게 활용하는 지혜를 터득할 수 있다.
- 볼Bowl(모든 행성이 180도 원호 안에 배치, 나머지 절반은 비워져 있음): 상당한 내적인 힘으로 스스로를 억제할 가능성이 있다. 비어 있는 반대쪽 절반 영역의 경험을 갈구하는 경향이 있다.
- 버킷Bucket(볼 유형과 비슷하나 반대쪽 원호 안에 행성 하나가 마치 손잡이처럼 배치해 있음): 모든 행성의 에너지가 자루에 해당하는 행성으로 쏠리는 경향이 있다. 주인공의 자질에 따라서 자루 행성과 관련된 영감의 원천이 되거나 선동자가 되는 경우가 있다.
- 스플레이Splay(불규칙한 간격으로 행성들이 배열되어 있어 스플래

시와 유사할 수 있으나 차이점은 적어도 하나의 스텔리엄이 있음): 대개는 차트의 세 부분이 스텔리엄stellium(행성들이 셋 이상 뭉쳐 있음)으로 강조되어 있으며, 그랜드 트라인Grand Trine(차트에서 세 개 이상의 행성이 완벽한 정삼각형을 그리는 모습으로 배치되어 있음. 모두 동일한 원소로 되어 있다. 편집 주)을 포함하고 있는 경우가 많다. 삼각형처럼 어떤 반대에도 굴하거나 넘어지지 않는 강인함을 보이는 경향이 있다. 때로는 무자비할 정도로 단호한 성격을 표출할 수 있다.

8. 라이징Rising 싸인과 어센던트Asc의 룰러가 어느 하우스에서 어떤 싸인의 기질로 자기를 표현하고 있는지를 본다. 주인공은 어센던트의 룰러가 들어가 있는 하우스 영역에서 어떻게 해서든지 라이징 싸인이 암시하는 특성을 표현하려고 노력할 것이다.(출생 시 동쪽 지평선에 떠오르던 싸인을 라이징 싸인, 라이징 싸인의 정확한 도수 지점이 어센던트다. 편집 주)
9. 앵글에 컨정션되어 있는 행성을 살핀다. 이들은 아주 중요한 관심 영역이 되어 행동을 하지 않고는 못 배긴다.
10. 가장 높이 떠올라 있는 행성(MC에 가장 가까이 붙어 있는 행성)을 살핀다. 앵글에 붙어 있는 행성이 없다면 정점에 올라가 있는 행성이 사회적-외적으로 실현될 가능성이 있는 것이 무엇인지를 보여 준다.(MC는 미드헤븐의 라틴어 Mediem coeli의 약어이며, 차트 주인공의 직업이나 소명이 무엇인지를 보여 준다. 편집 주)

11. 썬과 문이 동시에 어스펙트를 맺고 있는 행성이 있는지를 본다. 이 행성은 의식적으로든지 무의식적으로든지 자신을 표현하려는 경향을 갖고 있다.
12. 상대적으로 어떤 행성과도 어스펙트를 맺지 않은 행성은 그 행성의 기능이 활성화되지 않는 경향이 있다.
13. 어센던트를 비롯하여 각 하우스 상황을 볼 때 원소와 에너지 상태를 꼭 함께 참고한다.
    - 원소 – 불 싸인(에리즈, 리오, 쌔저테리어스): 감에 의한 행동이 예상된다. / 흙 싸인(토러스, 버고, 캐프리컨): 현실적인 문제가 주제가 될 가능성이 크다. / 공기 싸인(제머나이, 리브라, 어퀘리어스): 지적인 관심과 정보 교류가 예상된다. / 물 싸인(캔서, 스콜피오, 파이씨즈): 심리적이고 감정적인 것이 주제가 될 가능성이 크다.
    - 에너지 상태 – 카디널 싸인(에리즈, 캔서, 리브라, 캐프리컨): 새로운 것을 추진하려고 행동을 취하려는 경향이 예상된다. / 픽스드 싸인(토러스, 리오, 스콜피오, 어퀘리어스): 현재 상태를 유지하고 안정을 취하려는 경향이 예상된다. / 뮤터블 싸인(제머나이, 버고, 쌔저테리어스, 파이씨즈): 동요와 변동 또는 무언가를 준비하는 상황이 예상된다.
14. 리턴 차트의 어센던트가 출생 차트의 몇 번째 하우스에 들어가 있는지 본다. 그 하우스와 관련된 사람, 주제, 사건이 주인

공의 관심을 상당히 끌 것이다.

15. 리턴 차트에서 썬이 차지하고 있는 하우스는 대단히 중요하다. 주인공은 그 하우스에 관련된 주제를 성취하려는 의지를 의식적으로 발휘한다. 때로는 그 하우스 영역의 숙제를 끝내고 통제권을 얻을 수 있는 기회가 되기도 한다.

16. 리턴 차트의 썬이 들어가 있는 하우스의 유형을 살핀다.

- 표현 양태

— 앵귤러Angular 하우스(1, 4, 7, 10): 인생의 전환점, 새로운 방향을 향한 특별한 노력이나 행동, 사건이 벌어진다. 1년 중에 초반 1/3 기간이 강조된다.

— 석시던트Succedent 하우스(2, 5, 8, 11): 재산이나 자원이나 자신의 가치와 관련된 이슈를 안정시킬 수 있는 기회다. 1년 중에 중반 1/3 기간이 강조된다.

— 케이던트Cadent 하우스(3, 6, 9, 12): 변동이나 동요, 다음 단계를 위한 준비가 예상된다. 미래에나 현실화될 수 있는 것을 준비하는 영역이기 때문에 차트에서 가장 (힘이 없고) 불확실한 영역이라고 할 수 있다. 1년 중에 후반 1/3 기간이 강조된다.

- 경험 차원

— 불 원소 하우스(1, 5, 9): 열정적인 불 싸인에 상응한다. 진보하기 위해서 창조적으로 활동한다.

— 흙 원소 하우스(2, 6, 10): 현실적인 흙 싸인에 상응한다. 물질이나 사회적인 직업과 안정을 증진하기 위해 노력한다.

— 공기 원소 하우스(3, 7, 11): 지적인 공기 싸인에 상응한다. 다른 사람과의 교류나 관계를 통해 삶을 향상시키려 한다.

— 물 원소 하우스(4, 8, 12): 무의식적인 충동과 정서적인 물 싸인에 상응한다. 이 하우스를 성공적으로 통과하는 경우 자기의 깊은 내면을 이해함으로써 내적인 성장을 할 수 있다.

17. 리턴 차트의 문 페이즈를 본다.

예를 들어 뉴 문이라면 뉴 문이 일어난 하우스에 에너지를 응결시키고, 무언가 새로운 프로젝트를 출현시킨다. 풀 문이라면 해 오던 일의 완결이나 완성을 암시한다. 풀 문 싸인과 하우스에 관련된 협동 노력이 정점에 이르렀다는 것을 보여 주는 경우가 많다. 상호간에 긴장이 생길 수 있으며 그것을 다루기 위해서 에너지 소비가 극대화되는 경향이 있다. 나머지 문 페이즈도 일반적인 문 페이즈 상황과 비슷하게 해석하면 된다.(문 페이즈의 의미는 236쪽 참조. 편집 주)

프로그레션 차트 리딩 가이드라인

미래를 예측하는 기법 가운데 하나인 프로그레션Progression은 몇 가지 종류가 있습니다.

세컨더리Secondary 프로그레션: 행성의 1일 진행을 1년 진행으로 대응시키는 방식

터르셔리Tertiary 프로그레션: 행성의 1일 진행을 1달 진행으로 대응시키는 방식

마이너Minor 프로그레션: 행성의 1달 진행을 1년 진행으로 대응시키는 방식

쏠라 아크Solar Arc 프로그레션(쏠라 아크 디렉션Solar Arc Direction): 차트의 포인트들은 그대로 두고 차트 자체를 썬이 프로그레션에서 진행한 만큼 행성이 진행하는 방향으로 회전시켜서 출생차트와 비교하는 방식

프라이머리Primary 프로그레션(프라이머리 디렉션): MC를 조디액의

도수가 아니라 천구의 적도를 따라 1년에 1도 진행시키는 방식

이 가운데 거의 모든 천문 해석자들이 중요한 도구로 사용하는 세컨더리 프로그레션을 해석하는 가이드라인을 정리해 보려고 합니다.(프로그레션은 'Pr.'로 표기하며 '세컨더리'를 붙이지 말고 그냥 '프로그레션'이라고 읽는다. 일반적으로 프로그레션하면 세컨더리 프로그레션을 말한다.)

1. Pr. 차트는 당장 일어날 사건이 아니라, 사건의 원인이나 배경 역할을 하는 무의식 수준의 에너지 변화를 보여 준다.
2. Pr.에서는 행성이 어떤 특정한 포인트, 예를 들면 모든 카디널 싸인(에리즈, 캔서, 리브라, 캐프리컨)의 첫 번째 도수인 에리즈 포인트나 픽스드 스타Fixed Star(항성, 붙박이별)가 있는 포인트 등을 지나갈 때 해당 포인트가 지니고 있는 의미와 에너지가 활성화된다.
3. 프로그레스드 플래닛Progressed Planet(이하 'Prd. 행성'으로 표기. 'Prd.'는 '프로그레스드'라고 읽으면 된다)이 싸인을 변경하는 시점에 주목할 필요가 있다. Prd. 행성의 싸인 변경은 해당 행성과 관련된 기능이나 욕구가 어떤 성격으로 변할 것인지에 대한 정보를 준다. 또한 Prd. 행성의 하우스 이동도 관심 있게 보아야 한다. 어떤 행성이 하우스를 이동했다면 그 행성의 기능과 욕

구가 주로 발현되는 장場이 바뀐다. 특히 Prd. 행성이 출생 차트의 앵글을 통과하는 시기에는 그 행성의 에너지가 급격하게 활성화되는 경향이 있다.

4. Prd. 행성의 진행 방향 변화에 주목할 필요가 있다. 특히 네이틀에서 리트로그레이드Retrograde하고 있었다면 그 행성이 다이렉트Direct로 진행을 바꾸는 시점에 주목할 필요가 있다. 리트로그레이드하는 기간은 대략 다음과 같다(지구에서 볼 때 행성이 뒤로 가는 것처럼 보이는 것을 리트로그레이드 모션, 순행하는 것처럼 보이는 것을 다이렉트 모션이라 한다. 편집 주).

 - 머큐리: 19~24일(Pr.에서는 19~24년)
 - 비너스: 40~43일(Pr.에서는 40~43년)
 - 마스: 58~81일(Pr.에서는 58~81년)
 - 주피터: 4달(Pr.에서는 120년)
 - 쌔턴: 4달 반(Pr.에서는 135년)
 - 유레너스, 넵튠, 플루토: 5~6개월

 만약 어떤 사람이 태어날 당시 비너스가 리트로그레이드하고 있었다면 40살이 되기 전에 언젠가는 Pr.에서 비너스가 다이렉트로 진행 방향을 바꾼다. 비너스가 다이렉트로 진행 방향이 바뀌면 리트로그레이드하는 동안 내향화되어 있던 비너스의 욕구와 기능이 눈에 띄게 외향화한다. 느리게 진행하는 행성이 진행 방향을 바꾸면 거의 강박 수준의 아주 강한 변화가 예측된다.

5. Pr. 차트 자체만을 리딩하는 방식과non-chart-related 출생 차트와 비교해서 리딩하는 방식이chart-related 있다. 전자에서 나타나는 상황은 의식이 컨트롤할 수 없는 깊은 차원의 충동이기 때문에 결과로 나타나는 것을 피하기 어렵다. 반면, 후자에 나타나는 상황은 여전히 주관적인 에너지이긴 하지만 어느 정도 조정과 절충이 가능하다. 이 두 가지 리딩 방식은 이유를 알 수 없이 경험하게 되는 사건의 원인이나 행동의 동기를 탐색하는 데 아주 유용하다.
6. 어스펙트의 어브는 최대 1도 이내로 아주 타이트하게 적용한다. Pr.에서는 행성이 1년에 1일 진행하는 만큼 아주 느리게 진행하기 때문에, 썬과 같은 경우 어브를 1도로 주어도 그 영향력이 2년이 된다(어스펙트에 접근하면서 1년, 분리되면서 1년). 따라서 어스펙트를 느슨하게 적용하면 의미 있는 정보를 얻기 어렵다.
7. 어스펙트에 접근하는(approaching 또는 waxing) 기간은 해당 테마가 싹이 나서 자라는 시기다. 어스펙트에 12분 이내로 진입하여 정확한 어스펙트를 맺은 다음 12분 이내에서 멀어지는(exact phase) 기간은 해당 테마의 목표가 성취되거나 실패하는 시기다. 어스펙트에서 벗어나는(separating 또는 waning) 기간은 해당 테마에 관련된 성공과 실패의 결과를 정리하는 시기다. Pr.이 보여 주는 정보는 의식하지 못하는 영역에서 진행되는

에너지 변화이며, 이것이 의식 차원 경험으로 노출되는 속도는 사람에 따라 차이가 있다는 점에 유념해야 한다.

8. Pr.에서 '가장 중요한 것'은 Pr. 차트 자체에서의 문 페이즈와 싸인 이동, 그리고 Prd. 문의 출생 차트에서의 하우스 이동이다. 문 페이즈에 따른 에너지 변화를 심도 있게 연구하고 이해할 필요가 있다.
9. Prd. 문은 통과하는 싸인과 네이틀 하우스에 스포트라이트를 비추어 그 싸인 에너지를 활성화시키고 그 하우스 영역을 강조하는 역할을 한다. 감정이나 습관 등 문의 상징적인 의미는 적용하지 않는 것이 원칙이다. Prd. 문이 네이틀 행성과 맺는 어스펙트의 경우도 마찬가지로 문의 상징을 적용하지 않는다. Prd. 문이 네이틀 행성과 어스펙트를 맺으면 해당 행성이 스포트라이트를 받아서 그 기능이 활성화된다. Prd. 문이 해당 행성에게 감정 에너지를 가미하지는 않는다.
10. 트랜짓에서 주피터가 출생 차트의 MC를 지나가고 있다면, 사회적인 명망이 확대될 수 있는 좋은 기회다. 선거에 출마한다든지, 주목을 받을 만한 사업을 시작하기에 좋은 시기라고 할 수 있다. 하지만 그때 Prd. 문이 출생 차트의 12번째 하우스를 통과하고 있다면 그런 시도를 하지 않는 것이 바람직하다. 내면 차원에서 또는 토대 차원에서 겉으로 드러나기를 꺼리는 12번째 하우스가 강조되어 있기 때문이다.

11. Prd. 문도 보이드 코스Void of Course(문이 조디액에서 싸인이 바뀌는 시점에 다른 행성과 메이저 어스펙트가 없는 상태. 편집 주) 기간이 있다. 일상적인 문 보이드 코스에 대한 해석을 그대로 적용하면 된다(새로운 프로젝트를 시작하기보다는 느긋하고 헐렁한 시간을 가져 내면의 에너지를 충전하는 시간으로 활용한다).
12. Prd. 썬의 싸인 이동을 본다. Prd. 썬은 한 싸인을 통과하는 데 대략 30년 정도 걸린다. 그래서 Prd. 썬은 일생에 세 싸인 정도를 통과한다. Prd. 썬이 통과하고 있는 싸인은 삶이 연출되는 무대의 성격을 보여 준다. 썬이 파이씨즈 10도에 있을 때 태어난 사람은 20살 쯤 되면 Prd. 썬이 에리즈로 들어간다. 그러면 아무리 조용한 성격의 파이씨즈라도 무대가 에리즈 성격을 띠고 있기 때문에 에리즈같이 남 눈치 보지 않고 이상을 좇아서 자기가 하고 싶은 것을 열정적으로 하는 것이 무대 배경과 어울린다. 그러다가 50살 쯤 되어서 Prd. 썬이 토러스로 진입하면 언제 그랬냐는 듯이 조용하게 안주하는 삶의 형태를 취하게 된다. Prd. 썬이 제공하는 주변 상황과 조화를 이루면서 어울리는 것이 자연스러움이다. "짝짝 짝짝짝, 대~한민국!"을 온몸으로 외치는 시청 앞 광장에서 가부좌를 틀고 명상에 잠겨 있는 것은 자연스러운 모습이라고 할 수 없다.
13. Prd. 썬이 네이틀 행성과 어스펙트를 맺는 경우에는 썬의 일반적인 상징을 적용해서(Prd. 문을 제외하고는 모두 행성의 고유 상

징을 적용) 존재 전체 또는 자아 정체성의 변화를 예측해야 한다. 예를 들어서 Prd. 썬이 네이틀 유레너스와 컨정션되면 컨정션이 유지되는 기간 동안은 보수적이던 사람이 반항하는 진보적인 사람으로 바뀔 수 있다. 물론 이 상황은 출생 차트와 관련한 상황이기 때문에 반항을 자제할 수도 있다. 하지만 Prd. 썬이 Prd. 유레너스와 컨정션되었다면 기존의 질서에 반항하는 것을 피하기 어려울 것이다.

14. 어떤 네이틀 어스펙트라도 Pr.에서 이그젝트exact 어스펙트를 맺을 경우 그 어스펙트의 에너지가 강조되어 활성화된다. 특히 출생 차트와 비교해 리딩하는 방식에서, 네이틀에서 어느 정도 어브를 갖고 어스펙트를 맺고 있던 것이 Pr.에서 느리게 도는 행성의 진행에 의해서 이그젝트 어스펙트를 맺을 경우에는 그 영향력이 상당히 오래 지속된다. 느리게 도는 행성은 Pr.에서 거의 진행을 하지 않기 때문이다.

15. 프로그레션 차트도 트랜짓의 영향을 받는다. 따라서 (특히 느리게 도는) 트랜짓 행성이 프로그레션 행성과 어퍼지션, 스퀘어 어스펙트를 맺는 시기를 주목해서 관찰할 필요가 있다. 행성들이 이들 어스펙트를 맺으면 두 행성의 에너지가 급격하게 활성화되어서 위기가 찾아오기 때문이다. '위기'란 '위험'과 '기회'가 결합된 상태를 말한다.

16. 지난 세기 초에 현대 천문 해석의 기초를 확립하는 데 큰 역

할을 한 영국의 찰스 E. O. 카터Charles E. O. Carter(1887-1968)가 『천문 해석의 원리The Principles of Astrology』에서 제시한 '원판 불변의 법칙Nativity Rule'이라는 게 있다. "어떤 프로그레션도 출생 차트에 이미 존재하지 않는 해당 사항에 대해서는 아무런 영향을 미치지 않는다. 이것은 아주 중요한 원칙이다. 여기에 예외는 존재하지 않는다." 카터가 말하는 것은 간단하다. 어떤 두 행성이 네이틀에서 아무런 어스펙트도 맺고 있지 않다면 프로그레션에서 두 행성이 어떤 어스펙트를 맺더라도 그 영향이 나타나지 않는다는 것이며, 여기에 예외는 없다는 것이다. 필자는 이 주장에 동의한다. 이 원칙을 트랜짓 해석에도 적용할 수 있다. 하지만 트랜짓에서는 어떤 행성이 네이틀에서 어스펙트를 맺지 않는 행성과 컨정션이나 어퍼지션, 스퀘어 어스펙트를 맺으면 그 효과가 나타난다. 물론 네이틀에서 해당 두 행성이 어스펙트를 맺고 있는 경우보다는 그 강도가 훨씬 약하다.

이 밖에도 수많은 고려 사항이 있지만, 너무 많은 정보는 사태를 명확히 인지하는 데 오히려 방해가 됩니다. 정보는 간략할수록 가치가 있다는 점을 잊지 않는 것이 좋겠습니다. Prd. 문 페이즈 변화와 싸인과 하우스 이동에 대해서는 버너뎃 브레이디Bernadette Brady의 『예측하는 천문 해석: 독수리와 종달새Predictive Astrology: The Eagle and the Lark』에 잘 요약되어 있습니다. 방대한 '프레딕트 천문 해석

Predictive Astrology' 세계를 심플하게 요약 정리한 책인데, 몇몇 데이터에 사소한 오류가 있지만 별 4개 반으로 권장할 만한 책입니다.

몇몇 데이터의 오류와 이 책이 판을 거듭해서 심지어 제목을 바꿔 가면서까지 출판되고 있음에도 불구하고 그 오류를 바로잡지 않는 것은 큰 그림에만 관심이 있고 사소한 것은 보지 않는 쌔저테리어스 어센던트와 어센턴트에 컨정션되어 있는 쌔저테리어스 문, 그리고 콤마 이하의 세밀한 데이터에는 약하고 분위기로 감을 잡는 것은 파이씨즈 썬과 파이씨즈 머큐리의 영향이 아닐까 싶습니다.

여러 종류의 프로그레션과 그것들의 상호 관계 등을 공부하고 싶은 분께는 로버트 P. 블라슈케Robert P. Blaschke(1953-2011)의 『천문 해석: 삶의 언어, 제1권 프로그레션Astrology: A Language of Life, Volume I , Progressions』을 추천합니다. 저자의 모든 주장에 동의하지는 않지만, 깊이 있고 영감이 넘치는 내용으로 구성된 책으로 적극 추천합니다. 저자의 출생 차트에서 볼 수 있듯이 진국 스콜피오의 깊이와 파이씨즈 문의 풍부하지만 절제된 상상력(문과 쌔턴의 트라인), 그리고 버고 어센던트의 완벽하게 꼼꼼한 표현이 돋보이는 책입니다.

※참고: 행성들의 리트로그레이드 기간

어떤 행성이 리트로그레이드하고 있는 기간에는 그 행성의 에너지가 내향성을 띠게 됩니다. 프로그레스드 문이 발사믹 페이즈에 들어간 것과 비슷하다고 보면 좋습니다. 그 행성이 발사믹 페이즈를 통과하고 있다고 보면 된다는 뜻입니다. 따라서 그 행성의 기능과 욕구를 외향적으로 발산하고 경험하려고 하기보다는 내향화시키는 것이 우주의 에너지와 더 조화롭게 경험하는 길입니다.

일상적인 의식 상태에서 자각하고, 어느 정도 그 기능과 욕구를 조절할 수 있는 행성들, 이를테면 머큐리, 비너스, 마스, 주피터, 쌔턴의 리트로그레이드 기간을 달력에 표시해 놓으면 매순간 무언가를 선택해야 하는 삶에서, 적절한 선택을 하는 데 도움이 될 것입니다.

프로그레스드 문 페이즈의 의미

문Moon의 8가지 양상(176쪽 그림 참조. 편집 주)은 천문 해석에서 다음의 의미를 지닙니다.

1/8. 뉴 문 페이즈[그믐달]

출현 ― 최초의 충동, 직감, 예상

뉴New 문이 시작되는 시점에 씨앗은 땅 속에서 싹을 틔울 준비를 하고 있습니다. 뉴 문에 삶의 새로운 30년 사이클이 시작되며, 새로운 삶의 방향이 열리고 있다는 것을 막연하게 느낍니다. 무엇인지 분명하지는 않을지라도 뭔가 새로 시작하고 싶다는 정서적인 충동이 일어납니다.

발사믹 페이즈(245쪽 참조. 편집 주)를 거치면서 최대한 내면으로 응집되어 있던 생명 에너지가 이제는 무언가 새로운 삶을 창조하려는 쪽으로 자동으로 흘러갑니다. 그래서 이유는 모르지만 왠지 새로운 삶이 시작되는 것 같은 느낌이 듭니다. 이 시기에는 직관적인 느낌을 주시하면서, 목표가 명확하지 않더라도 자연스럽게 자신의 에너지를 표현하면서 한발한발 앞으로 나아가는 것이 중요합니다. 뉴 문 페이즈는 무언가 새로운 삶이 펼쳐지고 있다는 것을 보다 구체적으로 느낄 수 있는 크레센트 페이즈를 향해서 진행해 나갑니다.

새로운 주기의 썬 에너지 진동이 주관적이고 내적인 영역을 자극하여 충동을 받은 내면의 에너지가 밖으로 분출하기 시작하는 시기입니다. 새로운 사이클의 시작으로써 식물의 성장을 예로 들자면 씨앗을 파종하는 단계에 해당합니다.

2/8. 크레센트 문 페이즈[차오르는 초승달]

주장 — 활동적, 분투, 장래성

크레센트Crescent 페이즈 초기 단계에 뉴 문에서 시작된 내면의 충동이 싹을 땅 위로 틔워 올립니다. 크레센트의 나머지 단계에서는 이제 막 땅 위로 머리를 내민 생명이 자연의 힘(주변 환경)에 도움을 받기도 하고 저항을 하기도 하면서 점점 더 강해지는 과정을 밟습니다. 떡잎이 나서 자라는 시기라고 할 수 있습니다. 모든 시작이 그렇듯이, 크레센트 페이즈에서는 새로운 모험을 향해 막 출발해 나아가는 과정에서 만만치 않은 도전을 받게 됩니다. 삶의 새로운 장을 향해 새로운 기회가 열리면서 옛 친구들과는 결별을 고할 수도 있습니다. 옛날의 가치관이나 낡은 시스템이 떨어져 나가는 것을 경험하면서 자기가 너무 맹목적으로 새로운 길을 가려고 하는 것이 아닌가

하는 의구심이 들기도 하겠지만, 영감이나 직관을 통해 새로운 접근에 대한 자신감이 생기는 시기이기도 합니다.

크레센트 페이즈에서는 새로운 사이클의 삶이 시작되고 있다는 자각이 보다 더 뚜렷해집니다. 이 시기에는 '과거의 망령'을 떨쳐 내야 합니다. 과거와 동일한 삶을 유지하고자 하는 충동을 극복하고 새로운 지평을 향해 한 걸음 한 걸음 앞으로 나아가야 합니다. 이 시기에 많은 사람들이 과거와 같은 모습을 기대하는 다른 사람들의 저항을 받습니다. 과거와 같은 모습을 기대하는 옛 친구들은 어울리지 않습니다. 그들은 주인공의 새로운 변화에 적응하든지 아니면 떨어져 나갈 것입니다. 이 시기에는 확고한 자신감을 갖고 삶의 방향을 새로운 대기를 향해 밀어 올리는 데에 온 에너지를 쏟아야 합니다.

자기를 표현하려는 내면의 열망이 외부의 저항을 만나서 의지력을 발휘하는 시기입니다. 경험해 보지 못한 전혀 낯선 '신세계'에 발을 들여놓는 단계라 할 수 있습니다. 식물의 성장을 예로 들자면 뉴문 시기에 파종한 씨앗이 이제 막 싹을 틔워 새로운 세상으로 얼굴을 내미는 단계입니다. 생존을 위해 보살핌과 보호가 필요한 상태이며, 아직 자기 정체성이 충분히 확립되지 않은 단계라 할 수 있습니다.

3/8. 퍼스트 쿼터 문 페이즈[상현달]

행동 — 제거, 실천, 구축

생존을 위한 초기 투쟁 단계를 거친 식물은 퍼스트 쿼터First Quarter

페이즈에 도달합니다. 크레센트 페이즈를 성공적으로 통과한 식물은 뿌리가 땅에 막 자리를 잡은 상태인데, 퍼스트 쿼터에 들어오면 뿌리를 좀 더 튼튼하고 깊게 뻗어가게 해야 합니다. 뿌리를 단단하게 내려야만 줄기와 가지와 잎이 자랄 조건이 갖춰지기 때문입니다.

이 페이즈에서는 기초를 단단히 함과 동시에 건물의 뼈대를 세우는 일에 모든 에너지를 집중할 필요가 있습니다. 온 힘을 쏟아 붓는 구체적인 행동이 요구되는 시기입니다. 퍼스트 쿼터가 시작되는 시점에서는 아직 구체적인 형태가 모습을 드러내지 않은 상태이지만, 페이즈가 진행됨에 따라 점점 더 구체적인 윤곽이 드러나고, 이 시기 막바지쯤에는 확실한 형태가 만들어지고 있음을 느낄 수 있어야 합니다.

아직도 정리되지 않은 과거에서 온 것들이 있다면 마지막 정리를 하고, 미래를 건설하는 데에 온 힘을 쏟아야 합니다. 퍼스트 쿼터는 성장하는 데에 에너지를 강렬하게 쏟아 붓는 시기입니다. 두리번거리지 말고, 자신의 목표를 향해 강하게 전진해야 합니다. 모든 성공은 기초와 뼈대가 튼튼해야 가능합니다. 세부적인 것에 에너지를 낭비하지 말아야 합니다. 완벽함은 기본 구조가 튼튼히 자리를 잡은 다음에 오는 것입니다. 퍼스트 쿼터는 그 기본 구조를 튼튼하게 건설하는 시기입니다.

과거를 거부하고 새로운 구조를 건립하려는 행동이 급격하게 활성화되는 시기입니다. 강한 의지와 결단력으로 현실을 조직적으로 체계화시키는 단계라고 할 수 있습니다. 식물의 성장을 예로 들자면 크레센트 시기에 세상으로 얼굴을 내민 식물이 한낮의 태양빛 아래서 자기 자리를 차지하기 위한 분투를 벌이는 단계라고 할 수 있습니다. 이 단계에 이르면 식물이 자기만의 독특한 특징을 분명하게 드러내기 때문에 뉴 문 시기에 파종한 씨가 무엇이었는지를 분명히 알게 됩니다.

4/8. 기버스 문 페이즈[차오르는 반달]

표현 — 최적, 분석, 이해

기버스Gibbous 페이즈에 들어오면 존재의 이유 또는 새로 시작한 삶에 대한 이유에 초점을 모으게 됩니다. 뉴 문에서 새로 시작한 사이클을 지나오면서 생긴 필요치 않은 것들 곧 존재의 이유에 부합하지 않는 요소들을 제거하는 동시에, 꽃봉오리를 터트리는 성취의 시기입니다. 진행하고 있는 프로젝트를 정제하여 완벽한 아름다움을 나타낼 수 있도록 세련되게 만들어야 합니다.

지금까지 사용하던 방식을 분석하여 그 중에서 가장 효율적인 방식을 찾아내야 하는 시기이며, 이 기간에는 진행하고 있는 프로젝트를 완벽하게 성취하는 데 필요한 기술을 습득하는 도제 훈련 과정이 포함될 수도 있습니다. 이제는 엉성한 뼈대가 아니라 세부적인 사항까지 완벽해지도록 노력해야 하며, 자신의 존재 이유 또는 진행하고 있는 프로젝트의 존재 이유를 객관적인 시각으로 볼 수 있어야 합니다. 곧 주관적인 자기주장이 아니라 자기 밖의 세상과의 관련 속에서 자기가 진행시키고 있는 프로젝트를 바라보며 성취를 향해 나아가야 합니다.

기버스 페이즈는 본능적(주관적)인 충동과 직감에 따르는 행동에서 객관적인 자각과 계획적인 행동으로 옮겨 가는 시기입니다. 진행하고 있는 프로젝트를 자세히 살피고, 객관적인 시각에서 이해하고, 완벽한 모습으로 만들어 나감에 따라 비로소 자기가 진행하고 있는 프로젝트의 존재 이유와 의미를 처음으로 의식적으로 이해할 수 있게 되는 시기입니다. 식물의 성장을 예로 들자면, 이 시기는 자기가 심고 기르는 작물이 무엇인지를 확실히 알 수 있을 뿐만 아니라, 추수를 앞두고 마지막으로 필요한 변화와 조정을 하는 시기에 해당합니다. 이 시기에는 비판력(감식력), 개선에 대한 욕구, 현실에 맞는 평가, 목표를 위한 헌신 등이 두드러집니다.

5/8. 풀 문 페이즈[보름달]

실현 — 완성, 성취, 인식, 조명

풀Full 문 페이즈는 성취, 완성, 완결하는 시기입니다. 이 시기에 그동안의 노력으로 피어난 꽃이 열매가 됩니다. 그러므로 노력의 결과가 분명히 드러나는 시기라고 할 수 있습니다.

뼈대는 이미 퍼스트 쿼터에서 세워졌습니다. 이제는 하고 있는 일의 의미, 목적, 내용이 무엇인지를 분명하게 자각하게 됩니다. 목적이나 의미가 분명하지 않은 일은 이 시기에 그 구조가 허물어집니다. 왜 하는지 그 이유가 분명하지 않은 일은 이 시기에 인생에서 떨어져 나갑니다. 그래서 이 시기가 인생의 중요한 전환점이 되는 경우가 종종 있습니다. 어찌 되었든지 이 시기에는 행동으로 밀어붙이기보다는 하고 있는 일과 삶을 조명해 보기 위해서 잠시 멈출 필요가 있습니다.

자신의 말과 행동 또는 자기가 하고 있는 일이 다른 사람들에게 어떤 영향을 미치는지에 대한 충분한 객관적인 자각이 생기는 시기인데, 자기가 하고 있는 일이 현실과 이상적으로 어울리지 않는다는 자각이 있는 경우에는 현실과의 괴리감을 느끼고 종교나 이상주의 방향으로 삶의 진로를 바꾸는 경우도 있습니다. 농사를 예로 들자면, 농부가 할 일을 다한 다음에 뒤로 물러서서 자신이 노력한 결과를 음미하고 평가하는 시기라고 할 수 있습니다. 이 시기에 꽃이 열매가 됩니다.

6/8. 디세머네이팅 문 페이즈[기울어지는 보름달]

종합 — 나눔, 전달, 깨달음

디세머네이팅Disseminating 페이즈는 달이 기울기 시작하는 첫 번째 페이즈이기 때문에, 이 페이즈에 들어오면서부터 에너지가 내향화하기 시작합니다. 따라서 성장의 시기가 아니라, 정리하고 종합해서 그 결과를 나누는 시기라고 할 수 있습니다. 이 페이즈는 풀 문 페이즈에서 맺힌 열매를 추수하고, 수확한 것을 갈무리하여(종합하여) 퍼트리는 시기입니다. 풀 문 페이즈를 성취 단계라고 한다면, 디세머네이팅 페이즈는 성취의 결과물을 나누는 시기라고 할 수 있습니다.

추수할 때는 덜 여문 것은 미련 없이 포기하고 잘 익은 열매만을 거둡니다. 이 페이즈를 통과하는 사람은 싫든 좋든 아직 덜 익은 것은 익을 시간이 없다는 것을 깨달을 필요가 있습니다. 실제로 그런 느낌에 사로잡히는 경우가 많습니다. 어쨌든 이 시기에는 성장 과정에서 경험을 통해 얻은 지혜와 노력의 결과를 평가하고, 그 중에서 가장 좋은 것을 골라내서 세상에 전파해야 합니다.

이 시기를 통과하면서 지금까지 노력해 온 영역에서는 더 이상 성취하거나 도전할 것이 없다는 느낌 때문에 직업을 바꾸고 싶다는 충동을 받는 사람이 많습니다. 특히 자기가 거둔 것이 만족스럽지 못하다고 느끼는 경우에는 그 충동이 더욱 강합니다.

7/8. 써드 쿼터 문 페이즈[하현달]

방향 전환 — 재조정, 보정, 각성, 배제

써드 쿼터Third Quarter 페이즈는 지금까지 살아온 삶 또는 삶의 방식에서 떠나는 시기입니다. 이 페이즈에 들어오면 지금까지 살아온 방식이 자기에게 어울리지 않는다는 불편한 느낌이 들기 시작합니다. 그래서 지금까지 하던 일에 대한 열정이 식고 다소 냉담해집니다. 뉴 문에서 시작한 게임이 끝나는 시기이기 때문입니다.

어떻게든 앞으로 나가려는 움직임을 취할 수 있을지 모르지만, 게임의 종착역으로 들어가고 있다는 사실을 잊지 말아야 합니다. 시작하고 성장하는 시기 못지않게 끝내는 시기 또한 중요합니다. 시작하고 성장해야 하는 시기에는 그 시기에 걸맞는 행위를 해야 하고, 끝내는 시기에는 끝내는 시기에 어울리는 행위가 필요합니다. 그래서 이 시기에는 필요하다면 그동안 해 오던 일에서 손을 떼고 뒤로 물러나는 법을 배워야만 합니다. 자연스럽게 떨어져 나가는 것에 매달리면 안 됩니다. 과거가 되는 것이 그들의 운명이기 때문입니다.

써드 쿼터는 지금까지의 경험을 바탕으로, 지금까지 해 오던 것과는 다른 이상적인 방식을 찾고 구축하기 위해서 힘을 쏟는 시기이기도 합니다. 그동안 해온 방식에 대한 불만 때문에 변화가 불가피하지만, 또 다른 단계로의 성장을 위해서는 변화가 꼭 필요하다는 것을 인정해야 합니다.

써드 쿼터에서는 퍼스트 쿼터에서와 마찬가지로 스퀘어(90도) 에너지가 작동합니다. 하지만 퍼스트 쿼터가 방향성과 구성을 위해서 에너지를 쓰는 시기라면, 써드 쿼터는 재방향성과 재구성을 위해서 에너지를 쓰는 시기입니다. 예를 들어 퍼스트 쿼터가 젊은 무사가 검법을 처음 배우는 시기라면, 써드 쿼터는 노련한 무사가 새 칼을 준비하고 그동안의 칼 솜씨를 뛰어넘는 새로운 검법을 연마하는 시기라고 할 수 있습니다. 하지만 중요한 것은 써드 쿼터 페이즈에서 새로 연마하는 검법은 전혀 새로운 것이기보다는 그동안 익혀온 검법과 관련되어 있다는 사실입니다. 마찬가지로 이 시기에 등장하는 새로운 아이디어는 그동안 살아온 삶의 테마를 새로운 형태로 갈고 다듬어 이상적인 시스템을 만드는 것과 관련되어 있는 것이 보통입니다. 수확한 포도로 포도주를 담는 시기라고 할 수 있습니다.

8/8. 발사믹 문 페이즈[기울어지는 초승달]

내려놓기 — 배양, 준비, 종결, 항복

발사믹Balsamic 페이즈는 씨앗이 땅에 묻히는 시기입니다. 이 페이즈는 뉴 문이 되면 새로 시작될 사이클을 예감하며, 그 미래를 위해서 준비하고 헌신하는 시기입니다. 이번 사이클의 지나온 과정에서의 성공과 실패를, 특히 완전히 마무리 짓지 못한 일들을 회고하고 반성하는 시기이기도 합니다. 그래서 이 시기를 통과하는 주인공은 고립감에 휩싸이기도 합니다. 지금까지 살아온 현실과의 관련이 점점 끊어지면서 막연한 느낌에 불안해하거나, 무엇을 해야 좋을지 모르는 당혹스러움에 초조해할 수도 있습니다. 자기 삶이 뭐가 잘못된 것이 분명하다고 생각하고 힘을 내보려고 애쓰지만, 인생 프로그램이 생각대로 원활하게 돌아가지 않습니다.

이 시기를 통과하는 사람은 시작이 있는 모든 것에는 끝이 있고, 한때 타당하고 분명한 목적이 있던 것도 때가 되면 성취와 수확의 단계를 거친 다음 사이클을 끝내게 됨을 이해할 필요가 있습니다. 발사믹 페이즈는 한 마디로 행위Doing 상태에서 행위 이전의 본래적인 존재Being 상태로 돌아가는 시기입니다. '존재 상태'란 아무것도 하지 않아도 괜찮은 상태이며, 모든 것을 받아들이고 허용하는 상태 곧 아무것도 거부하지 않는 상태입니다.

존재에서 행위가 나오는 것이지, 행위가 존재를 만드는 것이 아닙니다. 행위는 존재의 일시적인 연기acting에 지나지 않습니다. 영화관 스크린에 수많은 장면이 나타났다 사라집니다. 불이 나기도 하고 홍수가 나기도 합니다. 하지만 스크린은 불에 타지도 않고 물에 젖지도 않습니다. 존재는 마치 이런 스크린과 같습니다. 살면서 수많은 행위를 하지만 본래적인 존재 자체는 아무런 영향을 받지 않는 것입니다. 발사믹 페이즈는 바로 이렇게 행위에 영향을 받지 않는 하얀 스크린 상태로 돌아가는 시기입니다. 발사믹 페이즈는 이렇게 행위의 시기가 아니기 때문에 행위에 골몰해 있는 사람 또는 무엇을 해야만 된다고 생각하는 사람은 이 페이즈를 통과하는 동안 몹시 힘들어합니다.

발사믹 페이즈는 새로운 것을 모험적으로 시도하는 시기가 아닙니다. 이 시기의 에너지는 새로운 시도를 허용하지 않습니다. 계절로 보면 씨앗이 캄캄한 땅 속에 묻혀 있는 한겨울이기 때문입니다. 그래서 무언가를 새로 시작하는 에너지가 강한 사람은 이 시기를 통과하는 동안 자기가 이러다가 미치는 것이 아닌가 하는 느낌을 받을 수도 있습니다. 상실감 특히 자아 정체성이 와해되는 경험을 할 수 있습니다. 자기가 뭐하는 사람인지도 모르겠고, 무엇을 하며 살아야 할지 막막한 느낌에 사로잡힐 수도 있습니다.

발사믹 페이즈는 과거를 놓아 버리고, 존재의 중심에 머물면서 미래를 준비하는 시기입니다. 지금은 어떤 미래가 펼쳐질지 캄캄하더라도, 그 알 수 없는 미래를 위해 헌신하겠다는 다짐이 필요한 시기입니다. 무엇이라도 하지 않으면 안 될 것 같은 불안감에서 비롯된 생각이 아니라, 고요한 존재의 중심에서 들려오는 목소리에 따라서 미래를 준비하는 시기입니다. 농사짓는 사람은 씨앗이 땅속에서 한겨울 추위를 견뎌야 다음 해 봄에 싹이 잘 트고 튼튼하게 자란다는 사실을 압니다. 따뜻한 곳에 보관한 씨앗은 싹이 나지 않거나, 겨우 나더라도 아주 부실합니다.

농사짓는 사람에게는 거름이 보물입니다. 사람이 어찌할 수 없는 기후 조건을 빼면 거름이 농사를 좌우한다고 해도 과언이 아닙니다. 거름은 그 해 농사지은 작물의 잔해가 썩은 것입니다. 또 씨앗은 자신의 몸을 거름 삼아 싹을 틔웁니다. 씨앗은 과거의 결정체입니다. 씨앗은 이처럼 자신의 과거를 유지하는 것이 아니라 그것을 거름 삼아 새로운 싹을 틔웁니다. 마찬가지로 발사믹 페이즈를 통과하는 사람은 과거를 유지하려고 몸부림칠 것이 아니라 그것을 거름 삼아 새로운 싹을 틔울 준비를 할 필요가 있습니다. 눈이 두텁게 땅을 덮고 있을지라도 그 밑에서 풀과 나무의 새싹을 볼 수 있다면 이 시기가 더 없이 평화롭고 가슴 설레는 계절이 될 것입니다.

사비안 심벌
– 조디액 1도부터 360도

지구 중심에서 본 태양의 궤도면, 360도 원형의 조디액을 정확히 30도씩 나눠 각 구역을 에리즈, 토러스 등 12싸인으로 부릅니다. 각 싸인별로 그 에너지 특성들이 있습니다. 그 조디액 360도를 각 1도씩 360개의 상징을 보여 주는 것이 사비안 심벌Sabian Symbol입니다. 360도가 하나의 사이클이지만 그 안에 무수한 단계가 있고, 그 내부 구조를 데인 러디아르가 찾은 것입니다.

사비안 심벌이 처음 세상에 공개된 것은 1925년 마크 에드먼드 존스Marc Edmund Jones(1888-1980)와 엘시 휠러Elsie Wheeler(1887-1938)의 공동 작업에 의해서입니다. 마크는 목사였고 신지학에 깊이 몰입해 있었으며, 미신으로 치부되는 천문 해석을 과학적으로 조명하려고 엄청 애를 쓴 사람입니다. 1923년에 엘시 휠러를 만나면서 사비안 심벌의 탄생이 시작됩니다.

총명한 엘시 휠러는 관절염으로 심한 장애를 앓고 있었습니다. 투시 능력이 있는 그녀는 영적 체험에 두려움이 있었는데, 그런 현상이 무엇인지 몰라 그랬던 것 같습니다. 하지만 마크를 만나고 1년 뒤 영매로서 멋진 삶을 살기 시작합니다. 육체적 제한이라는 핸디캡이 내면의 영적 세계에 더욱 몰두할 수 있게 해 주었고, 그것이 사비안 심벌이 나오는 데 큰 공헌을 했습니다.

둘의 협력 작업은 하루만에 이루어졌습니다. 마크는 이 메시지들을 전해 준 존재를 고대 메소포타미아의 형제단Brothers들이었다고 생각했습니다. 그들을 사비안이라 일컬었기에 사비안 심벌이라 이름을 붙입니다. 그런데 마크는 작업을 마치고 총 360개의 짧은 문구들이(에리즈 1도부터 파이씨즈 30도까지) 밑도 끝도 없어 보였고 비과학적이라 생각해 묻어 두게 됩니다.

1년 뒤 마크와 아는 사이였던 데인 러디아르가 그것을 처음 보게 되는데, 보는 순간 러디아르는 전기를 맞은 듯한 충격을 받습니다. 그리고 40년 넘게 파고들어 『천문 해석 만다라Astrological Mandala』를 출간했습니다. 상징의 해석도 해석이지만 360도 안에 담긴 수의 메커니즘, 어떤 발전 단계의 메커니즘 이런 부분을 찾아낸 것은 매우 놀라운 금자탑입니다. 그것만 독파를 잘해도 천문 해석 공부를 하지 않아도 됩니다.

지금 우리가 사는 세상을 어떻게 기하학적으로 프로그램했는가 그 구조를 알 수 있습니다. 저 역시 무작위처럼 보이는 상징 안에 이렇게 놀라운 질서가 있는지 번번이 놀라게 됩니다.

2,450년
– 어퀘리어스 0도

옛날부터 천문 해석자들은 해와 달을 포함한 태양계 7개 행성이 지구상의 특정한 금속에 상응하는 에너지를 발산한다고 믿었습니다. 이를테면 해는 금, 달은 은, 수성은 수은, 금성은 구리, 화성은 철, 목성은 주석, 토성은 납과 상응한다고 보았습니다.

20세기 시작 무렵에 신비학자 루돌프 슈타이너(1861-1925)의 제자인 릴리 콜리스코Lili Kolisko(1889-1976)라는 여자 과학자가 스승의 가르침을 입증하는 재미있는 실험을 했습니다. 그는 태양계 행성에 상응하는 금속 용액을 만든 다음 행성들이 0도로 겹치거나 60도나 90도나 120도나 180도 등의 각도를 맺을 때 용액에 어떤 현상이 일어나는가를 관찰했고, 각 각도마다 독특한 현상이 발생한다는 것을 확인했습니다. 특히 토성이 해나 달에 가려 보이지 않게 될 때 토성 에너지에 상응하는 납 용액의 결정화가 지연되거나 전혀 일어나지 않는 것을 확인했습니다.

그의 이 실험 결과는 1949년, 1964년, 그리고 1967년에 화성과 토성이 겹쳤을 때 각각 다른 과학자의 실험을 통해 실제로 일어나는 현상임이 확인되었습니다. 그 뒤에도 많은 사람이 비슷한 실험을 했고, 결과는 늘 같았습니다. 그래서 행성 에너지와 지구상의 물질이 에너지를 주고받고 있음이 실험으로 확인되었습니다.

태양계의 행성이 지구에 어떤 식으로든 영향을 미치는 것이 사실이라면, 태양계 자체가 은하계라는 더 큰 무대를 배경으로 여행하면서 특정한 정황에 들어갈 때 특정한 영향을 받으리라는 것은 쉽게 예측할 수 있을 것입니다.

사자처럼 생긴 스핑크스의 얼굴은 기원전 10,500년 춘분날의 태양이 리오(사자자리) 0도에서 떠오르는 방향으로 얼굴을 향하고 있습니다. 고대 이집트의 신비를 탐정처럼 파헤친 그레이엄 핸콕Graham Hancock은 스핑크스가 기원전 10,500년 춘분날 태양이 리오 0도에서 떠오른 것을 상징하는 조형물이라고 말하면서, 그때를 'First Time'이라고 하고 'Last Time'을 2,450년으로 상정합니다.

세차 운동으로 해마다 춘분점이 50초씩 동에서 서로 이동합니다. 그래서 춘분점이 조디액 1싸인(30도)을 통과하는 데 2,160년이 걸리고 12싸인을 일주하는 데에는 25,920년이 걸립니다. 핸콕의 계산처럼 기원전 10,500년 춘분점이 리오 0도였다면, 그가 시간의 끝이라고 상정한 2,450년은 어퀘리어스(물병자리) 0도가 됩니다. 천문학적인 새 시대인 셈입니다.

우리는 2천 년 동안 사랑과 연민과 동정심이 최고의 종교적인 가치로 인정받는 파이씨즈(물고기자리) 시대를 살았습니다. 파이씨즈 시대가 시작할 즈음에 인도에서는 동물 병원을 세울 정도까지 자비로웠던 아쇼카 대왕의 통치(B.C. 273~232)가 시작되었습니다. 뒤이어 파이씨즈 시대의 주인공이랄 만한 예수 그리스도가 탄생했고, 아버지에 대한 무조건적인 신뢰와 가슴을 강조했던 그의 영향력이 지금까지 지속되고 있습니다.

이제 우리는 어퀘리어스 시대를 예감하고 있는 중입니다. 어퀘리어스 시대를 지배하는 별은 혁명과 개인의 독창성과 자유를 관장하는 유레너스(천왕성)입니다. 따라서 어퀘리어스 시대에는 무조건적인 신앙보다는 합리적이고 과학적인 이해에 토대를 둔 개인의 신성 실현이 앞자리에 올 것입니다. 아마 감정적이고 무모한 집단적인 종교보다는 개인의 독창성을 가치로 인정하는 시대가 되겠죠.

대개 한 시대가 시작되기 2~3백 년 전에 새로운 시대의 전조가 나타나기 시작합니다. 칼 야스퍼스는 붓다, 노자, 공자, 피타고라스, 짜라투스트라, 소크라테스, 플라톤 등 기라성 같은 성인이 출현한 기원전 6세기를 '인류 역사의 축'의 시대라고 불렀는데, 이들의 출현은 2~3백년 후에 본격적으로 시작될 종교 시대(파이씨즈 시대)의 전조였을 것입니다.

같은 관점에서 절대 왕정을 무너뜨리고 시민의 자유를 획득한 프랑스 혁명(1789년), 봉건 제도를 붕괴시킨 산업 혁명(18세기), 미국 독립 선언(1776년) 등이 개인의 자유와 과학적인 통찰의 시대인 어퀘리어스 시대의 전조가 되는 것은 아닐까요?

배경이 되는 큰 그림이 바뀌면 작은 그림은 절로 바뀌는 법! 하늘의 소리에 귀를 기울이는 천문天文 연구자들이 하늘을 주목하는 이유가 여기에 있습니다.

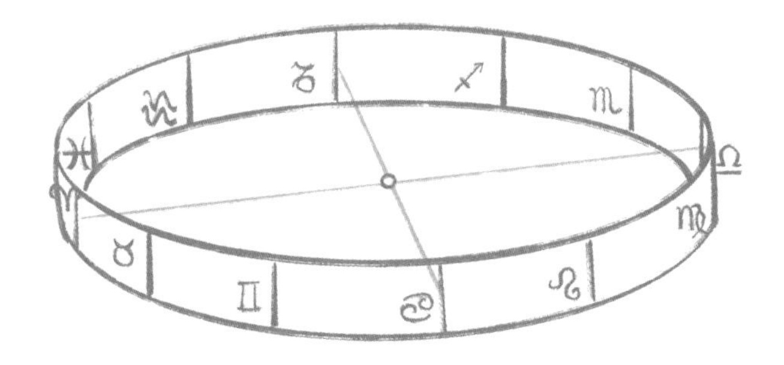

인생이 꿈인 줄 알면

1판 1쇄 발행일 2024년 5월 10일

지은이 정창영

펴낸이 권미경 | 펴낸곳 무지개다리너머
주소 서울시 은평구 응암로 310 | 이메일 beyondbook7@gmail.com
팩스 0504-367-7201 | 블로그 blog.naver.com/brbbook
등록번호 제25100-2016-000014호(2016. 2. 4.) | ISBN 979-11-90025-07-2 03810